日月星辰 在头顶闪光

春夏秋冬 在身边交替

心灵的帆 梦想的船

亲情的爱 血脉的情

都在融化航途的寒冷

颠簸 惊险

只要回到你的怀抱

我们就沉浸在温馨宁静的气息里

聆听月光下的童话故事

青春的轻盈絮语

和不老的岁月歌声

——谭仲池《宁静中聆听》

家庭

温馨的生活港湾

谭仲池——主编

岳麓書社·长沙

图书在版编目（CIP）数据

家庭：温馨的生活港湾 / 谭仲池主编. -- 长沙：岳麓书社, 2025. 4. -- ISBN 978-7-5538-2233-4

Ⅰ. I267

中国国家版本馆CIP数据核字第20247Z1V96号

JIATING:WENXIN DE SHENGHUO GANGWAN

家庭：温馨的生活港湾

谭仲池 主编

出 版 人 | 崔 灿
出版统筹 | 马美著
责任编辑 | 周家琛 陈文韬 周 艳 陶嶒玲
曾 倩 肖 航 夏楚婷
责任校对 | 舒 舍
书籍设计 | 罗志义

岳麓书社出版发行
地址 | 长沙市岳麓区爱民路47号
承印 | 长沙超峰印刷有限公司

开本 | 880mm × 1230mm 1/32 印张 | 10.75 字数 | 200千字
版次 | 2025年4月第1版 印次 | 2025年4月第1次印刷
书号 | ISBN 978-7-5538-2233-4
定价 | 96.00元

序

我爱我的家

谭仲池

我爱我的家，同心爱国家。

共筑中国梦，时代正风华。

——题记

在中华文明的历史长河中，“家国天下”是一朵照耀古今、滋润万代的优秀传统文化的灿烂浪花。古人云：“室为夫妇所居，家谓一门之内。”家庭是人们生活的宁静港湾，心灵栖息的精神家园。

据有关部门统计，截至2020年，中国家庭总户数达4.94亿。这意味着，中国式现代化也是家庭总量巨大的现代化，是中国式现代化必须尊重的国情之一，家庭已成为中国式现代化的一个关键变量。党的二十大报告明确提出：“加强家庭家教家风建设。”

我爱我的家，同心爱国家，共建美好家庭，应是我们每个家庭成员的共同心理诉求和美好愿望。

习近平总书记指出：“要积极回应人民群众对家庭建设的新期盼新需求，认真研究家庭领域出现的新情况新问题，把推进家庭工作作为一项长期任务抓实抓好。”这段精辟的论述，为我们抓好家庭建设指明了方向，我们必须深刻领会，认认真真地贯彻落实。

《家庭：温馨的生活港湾》共五编，即第一编《家庭是生命栖息的乐园》；第二编《新时代家庭建设的目标和要求》；第三编《中国式现代化进程中家庭建设的实践探索》；第四编《家庭美食、美境与美雅生活情趣》；第五编《美好幸福家庭面面观》。本书寻根溯流，从家庭起源说起，叙述家庭在人类社会发展中的重要基点与家庭演变的历史规律，向读者阐明家庭的独特功能和作用，引导人们自觉地爱家、建家、兴家，融入中华民族大家庭，为民族复兴添砖加瓦、贡献力量。尤其是第三编《中国式现代化进程中家庭建设的实践探索》，生动地描述了在现代化进程中家庭建设的现实图景和实践途径，给人以启迪与激励。第四编《家庭美食、美境与美雅生活情趣》更是结合时代发展潮流，描绘了家庭这个生活港湾的阳光、温馨、美好和丰富多彩。同时，我们在书中还精选了一些治家经世锦言，让读者能从中切身体验自己对家庭的向往、寄托、依恋，以及对宁静、幸福的精神追求。

幸福的家庭都是相似的，不幸的家庭各有各的不幸。人们可以从书中列举的幸福家庭引发思考，从而激发所有家庭成员，齐心协力建设自己的美好家庭的主动性。“家是最小国，国是千万家。”家与国深度嵌合，是建设美好社会的积极力量。每一个家庭成员都是平等的一份子，都是家庭建设的参与者、贡献者、享有者。书中特别强调，全社会要充分看到妇女在家庭建设中的独特作用，这关系到家庭的和睦、社会的和谐与下一代的健康成长。

随着中国式现代化的不断推进，社会经济的不断发展，文明程度的不断提高，国际交往的不断拓展，人们生活、工作方式的不断改善，时代对家庭建设也提出了更高的要求。因此，在全社会树立美好家庭的典型，也是一件十分重要的示范工作，必将产生一花引来万花开的效应。

朋友，你见过最美好的家庭吗？

你向往建设一个怎样的美好家庭呢？

本书将会告诉你这一切！

贝克尔说：“现代家庭好像一个相当有效的保险公司，为成员提供了安全、物质、情感、照顾等多重保障。”而这样的家庭，才能让每个家庭成员有安全感、归属感、幸福感，从而把家庭当作生活的温馨港湾、心灵的精神家园。

有了这样的家庭，无论遇到什么困难，遭受何种打击，都能手牵手、肩并肩，心心相印，共同面对。

有了这样的家庭，才会彼此尊重，平等沟通，有快乐共同分享，有烦恼帮助清除，永远都积极向上。

有了这样的家庭，才能相互学习，彼此理解，诚实对话，共同成长，开拓进取，敬业奉献，为家争荣，为国争光。

让我们一起为构建新时代“爱国爱家，相亲相爱，向上向善，共建共享”的社会主义文明美好幸福家庭而携手前行。

这是一种弥足珍贵的倾情期许；

这是一树带露绽放的生活繁花；

这是一支幸福愉悦的生命赞歌；

这是一片照亮未来的绚丽云霞！

2024年8月20日 于长沙

目录

第一编 家庭是生命栖息的乐园

第四编 家庭美食、美境与美雅生活情趣

第五编
美好幸福家庭面面观

营造好家庭

第一编

家庭是生命栖息的乐园

家庭是什么？是社会最基本的细胞，是国家最坚实的基础，是人们最核心的精神家园，是世间最温馨的生活港湾，是人类生命栖息的乐园。梁实秋说过：“世界上没有一个地方比自己的家更舒适，无论那个家是多么简陋、多么寒伧。”本章共分六节：第一节伊甸园的传说和家族的起源，主要讲述家庭的起源和结构；第二节古今家庭的变迁，主要讲述中国家庭的时代特征与社会变迁的历史逻辑；第三节社会最基本的细胞，主要讲述家庭与家族、亲属的区别；第四节国家最坚实的基础，主要讲述家庭与民族、国家的关系；第五节最核心的精神家园，主要讲述家庭承载的情感联系、价值观传承、个体成长和精神寄托的使命；第六节弘扬优秀家文化，主要讲述中华民族优秀传统家文化的内涵、价值及建设。

第一节 伊甸园的传说和家庭的起源

在人类早期阶段，并没有明确的家庭与婚姻的概念。随着人类社会的发展，家庭形式逐渐从群婚制向更为有序的模式转变，家庭作为社会组织的基本单位开始形成。家庭结构是指家庭中成员的构成及其相互作用、相互影响的状态，以及由这种状态形成的相对稳定的联系模式。家庭功能是指家庭在人类生活和社会发展方面所起的作用，在不同的社会形态下，家庭的功能有所不同。

一、家庭从哪里来

家庭从何而来？自从遥远古老的宇宙出现了人类，家庭就相伴产生。

“我们走得再远都不能忘记来时的路。”习近平总书记虽然说的是中国共产党的历史，但纵观大至人类的发展史、小至个人的一生，又何尝不是如此。家庭从何而来？自从遥远古老的宇宙出现了人类，家庭就相伴产生。在中国，嫘祖作为黄帝的妻子、养蚕业的创始人，不仅在家庭生活中扮演着重要的角色，而且对农业和丝绸业作出了重大贡献。

在某个炎热的暑天，一对满头银发、年逾古稀的夫妻正在贵州的大山里避暑。老两口手牵着手，走在睡莲盛开、波澜不惊的湖畔，阳光温煦、微风习习，绿荫掩映的林间小路仿佛一条长长的飘带，斑驳的光影漏在他们的身上，点缀着心中的宁静。

他们悠闲地走了一段，就在路旁的原木

靠椅上坐下来。望着倚靠在自己肩头的妻子，老头子好像回到自己的初恋时光：“还记得我们的初次见面吗？”

妻子答：“也像今天一样的情景，在故乡的公园，不过那天是月色如水的夜晚。”

丈夫补充：“还有柔情似水的你。”

妻子：“还有阳光帅气的你。我们彼此都能听到对方的心跳！”

丈夫：“时光如流水呀，一晃五十年过去了。”

妻子感叹道：“孩子们都长大了，飞走了，我们也老了。”

丈夫眼里闪着激动的泪花：“在我的心里，你永远是那个美丽、温柔、善良的少女！”

此时，手机铃声骤然响起：“爸爸，今天是你的生日。我和姐姐带着孙辈们来看你们了！”

小路的尽头已响起热闹的脚步声、欢笑声、打闹声……

家庭产生于人类，发源于生命、性和婚姻。人类家庭是为适应物质生活资料和生产方式变化的需要而产生的。在漫长的人类发展历史长河中，家庭随着时代变迁而不断进化，经过了多种形式，到今天已成为社会的基本单位，就像细胞是人体的基本单位

北京颐和园长廊彩画 《嫘祖养蚕》（局部）

一样重要。

（一）人类的起源

据《圣经》记载：亚当与夏娃是上帝耶和华所创造的人类，亚当是世上第一个男人，后来耶和华又用亚当的一根肋骨创造了第一个女人夏娃，并让他们结为夫妻，共同生活在幸福的伊甸园。可是后来夏娃受蛇的诱惑，偷食了禁果，并让亚当食用。耶和华发现后，对亚当和夏娃进行了惩罚，把二人逐出了伊甸园。后来，他们有了该隐、亚伯等孩子，二人最后成为人类的祖先。然而这只是神话故事，通过对生物化石的考古研究，人类起源才有了科学的结论。

1859年，英国生物学家达尔文出版《物种起源》一书，阐明了生物从低级到高级、从简单到复杂的发展规律。1871年，他又出版《人类的由来及性选择》一书，列举许多证据说明人类是由已经灭绝的古猿演化而来的。但他没有认识到人和动物的本质区别，也未能正确解释古猿如何演变成人。

德国思想家、哲学家、革命家恩格斯提出了劳动创造人类的科学理论，1876年他写了《劳动在从猿到人转变过程中的作用》一文，论述了从猿到人的演变过程：古代的类人猿最初成群地生活在热带和亚热带森林中，后来一部分古猿为寻找食物下到地面活动，逐渐学会用两脚直立行走，前肢则解放出来，并能使用石块或木棒等工具，最后终于发展到用手制造工具。与此同时，这部分古猿在体质上，包括大脑，都得到相应的发展，出现了人类的各种特征。恩格斯把生活在树上的古猿称为“攀树的猿群”，把从猿到人过渡期间的生物称作“正在形成中的人”，而把能够制造工具的人称作“完全形成的人”。文章指出，人类从动物状态中脱离出来的根本原因是劳动，人和动物的本质区别也是劳动。

不同的文化有不同的生命观，中国文化的生命观认为生命是自然形成的，生命总的来源就是天地。个体生命是通过继承前人的生命来的，且通过他的后代延续下去。

生命是从哪儿来的？又是怎么延续下去的？生命的意义是什么？这种对生命的认识就是生命观。不同的文化有不同的生命观，中国文化的生命观认为生命是自然形成的，生命总的来源就是天地。个体生命是通过继承前人的生命来的，且通过他的后代延续下去。生命的意义在于薪火相传，强调生命之间有重要的血缘联系和自然的伦理关系，注重积德行善和亲人之间的相互关怀。

古语云“天生地养”，天赋予我们生命，地的养育使我们成长。“对此，中国古代有很多种说法，比较普遍的一个说法，就是东汉哲学家王充在《论衡·自然》中说的‘天地合气，万物自生’。天地、阴阳之气相合，万物就产生了。王充又举了一个例子，就是‘夫妇合气，子自生矣’。在中国文化里，天生出万物来，所以天是一切生命的来源。一切生命由天生出来以后，要靠地来养育。”[1]人是万物中的一员，但具有不同于其他万物的主动性。

（二）家庭的产生

“当人类能够把身体直立起来，变成了两足动物后，他的双手已得到了解放，人类文明的根基就这样造了起来。”[2]有了手就可能因为互相捕捉身上虱子的需要，而偶然发现还可以产生出轻拍、抚摸、拥抱等一些比较灵巧温柔的新动作。那两足而怀孕的母亲，因为有负重行走及养育婴孩等多方面的困难，于是开始运用自身的可爱、美丽、温柔等来吸引比她强壮的男人，这是

[1]《中国人的人文精神》，楼宇烈著，北京联合出版公司，2020年12月第1版，第54页。
[2]《生活的艺术》，林语堂著，越裔译，湖南文艺出版社，2018年1月第1版，第70页。

求得生存的需要。由此，产生包括肢体、语言等多方面的温和特性，人类的文明乃由女人开始。

一个人从出生到死亡，他的四周没有一天没有女人，如母亲、妻子、女儿等。据一本印度故事书记载，上帝创造女人时，系采取花的美丽、鸟的歌声、虹霓的彩色、风的柔态、水的笑容、羊的温柔、狐的狡猾、云的难于捉摸、雨的变幻无常，将它们交织成一个女人，而拿她送给男人做妻子。

“每个男人都是妇人所生，每个男人（除了少数之外）都须和一个妇人共过一生去做小孩的父亲。每个女人也都是妇人所生，每个妇人（除了少数之外）也都须和一个男人共过一生，生育小孩。中间也有几个不愿意做父母，这等于花木之不肯生子以传它们的种；但是没有一个人能不要父母而生，也正如花木之不能不要种子而生。”[1]这就是人们生命中最紧要的关系，即男人、女人、小孩之间的相互关系，因为我们既然都是生物，就不能逃避出生、吃母奶、婚嫁和生育等事。人类之中，90%有夫妻关系，100%是人子，而婚姻和家庭是人类生活中最亲密的部分。

1987年，美国加州大学研究者提出现代人类起源于非洲的假

[1]《生活的艺术》，林语堂著，越裔译，湖南文艺出版社，2018年1月第1版，第167—168页。

说。研究者将所有婴儿的线粒体DNA（脱氧核糖核酸）向前追踪，最后追踪到大约20万年前生活在非洲的一个妇女，他们据此提出她是现今全世界人的祖先。大约在13万年前，她的一群后裔离开了非洲家乡，分散到了世界各地，完全取代那里的原住民定居下来，演化成了现代的不同人种。

恩格斯对家庭的起源进行了系统研究，为我们理解家庭的起源和发展提供了重要的视角和思路。他认为家庭是基于婚姻关系、血缘关系或收养关系所形成的社会生活的基本单位，并强调社会发展和经济变迁对家庭形态的影响。他观察到随着社会的演进，家庭的形式和功能也在不断地变化，并指出家庭的产生、存在和发展进程，必然要受到特定的社会经济关系的制约。

关于家庭的起源，有多种理论和观点。家庭的产生是一个复杂的过程，受到多种因素的影响。不同的理论和观点从不同的角度解释了家庭的起源，但它们都强调了家庭在人类社会中的重要性和作用。一是社会生产说。此说认为社会生产是人类社会的根本存在方式，而家庭的产生则是公与私矛盾演化的必然结果。在人类社会的发展过程中，社会生产的基本矛盾推动了经济社会的发展，而家庭作为社会生产的基本单位，也随之产生和发展。二是婚姻制度说。此说认为家庭是基于婚姻关系而建立的，婚姻制度的出现是家庭产生的重要前提。在人类社会的早期，婚姻制度可能比较简单和原始，但随着社会的发展，婚姻制度逐渐完善和规范化，家庭也逐渐成为社会的基本单位。三是经济发展说。此说认为随着人类社会的发展，经济活动变得越来越复杂和多样化，家庭作为一种经济生产单位，也逐渐产生和发展。在农业社会中，家庭是主要的生产单位，家庭成员共同劳动、共同生产和分配生活资料。四是人类本能说。此说认为家庭是人类本能的需求，人类天生就有建立家庭、繁衍后代的本能。这种本能促使人类建立家庭，以满足自己的情感和生理需求。

二、家庭由何组成

常听人们说到一个词“祖宗十八代”，但许多人不知其具体所指。那么，让我来告诉你吧：自己之父叫父亲，父亲之父叫祖父，祖父之父叫曾祖，曾祖之父叫高祖，高祖之父叫天祖，天祖之父叫烈祖，烈祖之父叫太祖，太祖之父叫远祖，远祖之父叫鼻祖，这九个称为祖代。自己之子叫儿子，儿子之子叫孙子，孙子之子叫曾孙，曾孙之子叫玄孙，玄孙之子叫来孙，来孙之子叫晜孙，晜孙之子叫仍孙，仍孙之子叫云孙，云孙之子叫耳孙，这九个称为宗代，合起来就叫“祖宗十八代”。

这是就代际区分方面来看的家庭结构，是类似宝塔一层层向上或向下的结构层次。所谓家庭结构，即家庭各个组成部分的搭配和排列，就像建筑物上承担重力或外力的部分构造，是如何组织安排的。要说清楚这个问题，我们先要从人类社会发展的整个过程来考察家庭的形式。

（一）古代家庭形式

恩格斯指出，家庭的形式、性质、职能、发展趋势以及与此相联系的伦理观念，归根结底都是由社会经济关系决定的。原始时代生产力的发展，是人类从原始杂乱性交过渡到血缘家庭的主要动因，于是社会有了第一种家庭形式即血缘家庭。随后还有普那路亚家庭、对偶制家庭和专偶制家庭。恩格斯依次考察了各种家庭形式的历史变迁过程，指出它们的演变毫无例外都是由一定生产力和生产关系的发展而引起的必然结果。

人类社会经历了蒙昧时代、野蛮时代和文明时代，每个时代又可以分为低级阶段、中级阶段、高级阶段，也都具有各自的特征。恩格斯将美国人类学家、民族学家路易斯·亨利·摩尔根（1818—1881）的分期研究概括为：“蒙昧时代是以获取现成的天然产物为主的时期；人工产品主要是用作获取天然产物的辅助工具。野蛮时代是学会畜牧和农耕的时期，是学会靠人的活动来增加天然产物生产的方法的时期。文明时代是学会对天然产物进一步加工的时期，是真正的工业和艺术的时期。”[1]

与之相对应的家庭形式有以下几种：一是血缘家庭。婚姻集团是按辈分来划分的，即在家庭范围以内的所有祖父和祖母都互为夫妻，他们的子女即父亲和母亲也是如此，他们的孙子、孙女们构成第三个共同夫妻圈子，他们的曾孙子、曾孙女们又构成第四个共同夫妻圈子。同胞兄弟姐妹、从（表）兄弟姐妹、再从（表）兄弟姐妹及更远血统的兄弟姐妹，也一概互为夫妻。二是普那路亚家庭。若干数目的姊妹，同胞的或血统较远的即从（表）姊妹、再从（表）姊妹或更远的一些姊妹，是她们共同丈夫们的共同的妻子，但是在这些共同丈夫之中，排除了她们的兄弟，这些丈夫互称普那路亚，即亲密的同伴。同样，一群兄弟，同胞的或血统较远的，则跟若干数目的女子（只要不是自己的姊妹）共同结婚，这些女子也互称普那路亚。三是对偶制家庭。某种或长或短时期内的成对配偶制，即一个男子在许多妻子中有一个主妻，而他对于这个女子来说，是她的许多丈夫中最主要的丈

[1]《家庭、私有制和国家的起源》，恩格斯著，中共中央马克思恩格斯列宁斯大林著作编译局编译，人民出版社，2018年3月第1版，第26—27页。

夫。它产生于蒙昧时代和野蛮时代交替的时期，随着氏族的日趋发达，随着不许互相通婚的“兄弟”和“姊妹”级别的日益增多，日益巩固起来。四是专偶制家庭。它是建立在丈夫的统治之上的，其明显的目的就是生育有确凿无疑的生父的子女；而确定这种生父之所以必要，是因为子女将来要以亲生的继承人的资格继承他们父亲的财产。它是在野蛮时代的中级阶段和高级阶段交替的时期，从对偶制家庭中产生的，以私有制对原始的自然产生的公有制的胜利为基础的第一个家庭形式。

（二）当代家庭结构

在人类日益进化到多种文明的当代社会，家庭结构通常指的是家庭内部成员的组成及其相互关系。常见的家庭结构有夫妻家庭、核心家庭、主干家庭、联合家庭和其他形式的家庭。

常见的家庭结构有夫妻家庭、核心家庭、主干家庭、联合家庭和其他形式的家庭。

每种不同类型的家庭结构都有其特点和

优势，并伴随着各种各样的挑战。一是夫妻家庭。指由夫妻二人组成的家庭，常见于年轻的夫妇和少数的丁克家庭。在这样的家庭里，亲密关系的互动就是日常生活的主题。二是核心家庭。指由父母及未婚子女所组成的家庭。这种家庭结构大家都很熟悉，很多关于家庭美满的描述，就常常以这样的家庭为背景。三是主干家庭。指由两代及两代以上的夫妻组成，每代最多不超过一对夫妻且中间没有断代的家庭。常见的成员结构是孩子、父母、爷爷奶奶或外公外婆。在这样的家庭里，可能会出现一些关于婆媳关系或是子女教育观念冲突的问题。四是联合家庭。指家庭中的任何一代含有两对或两对以上的夫妻所组成的家庭。成员结构可能是孩子、父母、爷爷奶奶、外公外婆，或者更为复杂的是孩子、父母、叔叔婶婶、姨父姨母、爷爷奶奶、外公外婆。在这样的大家庭里，除了热闹与快乐外，也常会因为财产和家庭分工问题而产生一些纷争。五是其他形式的家庭。主要有单亲家庭，由父母一方和子女组成的家庭。隔代家庭，由祖父母及孙辈组成的家庭，常见于留守儿童的情况。同居家庭，由未婚但同居的伴侣及可能有的孩子组成的家庭。同性恋家庭，由同性恋伴侣及其可能收养的子女组成的家庭。单身家庭，仅由一位成年人组成的家庭，没有配偶和子女。这些家庭结构各具特色，反映了不同社会、经济和文化背景下的家庭形态。

虽然每种家庭结构都有其独特性，但是也有一些共同特征。一是小尺度与密切关系。家庭作为一个社会团体，通常规模较小，由直系亲属或紧密关系的人组成。家庭成员之间的关系密切，相互依存、关心和支持。二是共同责任。无论家庭结构如何，成员们通常会共同承担家庭责任，如照顾子女、经济支持、家务分工等。这种共同责任有助于家庭的稳定与和谐。三是私有性与私密性。家庭是一个私有的社会团体，成员间享有私密关系。家庭内部的事务通常不轻易向外界透露，保持了其独特的私密性。四是家庭角色。在不同家庭结构中，成员们通常扮演不同的角色，承担不同的职责。如父母通常作为家庭的领导者和经济支柱，而子女则负责学习和接受教育。五是持久性。家庭通常是一个持久性的社会团体，由几代人组成，世代相传。这种持久性使得家庭成为文化传承和价值观传递的重要场所。六是多功能性。家庭是一个多功能性的社会团体，既是人们的生活和社交中心，也是他们的经济基础和文化传承的地方。家庭结构的不同可能会影响其功能的侧重，但总体来说，家庭都承载着这些基本功能。七是对成员的影响。家庭结构对成员的生理、心理和行为都有巨大的影响。这种影响可能表现为成员间的互动方式、情感支持、价值观塑造等方面。这些共同特征在不同家庭结构中都有所体现，但具体表现可能因家庭结构的不同而有一些差异。

了解这些特征，有助于我们更好地理解家庭的功能和作用，以及家庭成员间的相互关系，从而使我们每个家庭成员明确自己的角色定位，发挥各自的作用。

第二节 古今家庭的变迁

中国家庭变迁的历史逻辑体现了从宗法制度到个体家庭的独立、门阀世族的形成、庶民家族的平民化和大众化、改革开放后的家庭变迁、计划生育政策的影响、二孩政策放开后的家庭变化以及家庭居住环境的变迁等多个阶段。这些变迁不仅反映了中国社会的历史变迁和人口结构的变化，也体现了中国家庭在适应时代变革中不断调整和发展的过程。

一、古代家庭的特征

古代在我国历史分期上多指19世纪中叶以前，有时也特指包括原始公社时代在内的奴隶社会时代。古代虽然离我们很远，但是我们可以从历史、文学等典籍、档案资料中窥见古代家庭的一些特征及变化。

清代伟大的小说家曹雪芹（约1715或1721—约1764）所著不朽作品《红楼梦》，全面而深刻地反映了封建社会盛极而衰的时代特征。它描写了封建贵族青年贾宝玉、林黛玉、薛宝钗之间的恋爱和婚姻悲剧，并以此为中心，写出了当时具有代表性的贾、史、王、薛四大家族的兴衰，其中又以贾府为中心，揭露了封建社会后期的种种黑暗和罪恶，及其不可克服的内在矛盾，对腐朽的封建统治阶级和行将崩溃的封建制度作了有力的批判，预示它必然要走向覆灭的命运。同时，小说还通过对贵族叛逆者的歌颂，表达了新的朦胧的理想。林语堂认为《红楼梦》是“中国家庭生活的纪事碑”，“你且看看祖母贾母的地位身份，再看凤姐和她丈夫的关系，或其他夫妇间的关系（如父亲贾政和他的夫人，允称最为正常的典型关系），然后明白治理家庭者究为男人抑或女人”。[1]此例说明中国女人在大家庭中的特殊地位，既享有人生婚姻这种唯一不可动摇的权利，作为掌握治家权力的最优越的武器，又因扮演必须取悦婆婆的媳妇的角色，担负着许

[1]《吾国与吾民》，林语堂著，黄嘉德译，湖南文艺出版社，2017年6月第1版，第265页。

多责任，实在是一种艰难的生活。“婚姻在中国不算是个人的事件，而为一个家族整体的事件，一个男人不是娶妻子，而是娶一房媳妇，习惯语中便是如此说法。至若生了儿子，习惯语中多说是‘生了孙子’。一个媳妇是以对翁姑所负的义务较之对丈夫所负者为重大。”[1]从这段分析透彻的话语中，我们不难看出中国古代家庭生活客观上存在着“女主内，男主外”的分工等一些事实。

婚姻在中国不算是个人的事件，而为一个家族整体的事件，一个男人不是娶妻子，而是娶一房媳妇，习惯语中便是如此说法。

中国古代家庭变迁的历史逻辑可以概括为以下几个阶段，每个阶段都伴随着特定的社会变革和人口结构的变化：一是从宗法制度到个体家庭的独立。早期中国实行宗法制度，家族是社会的基本单位，个体家庭依附于宗族之下。春秋战国时期，随着世卿世禄制度及分封制的废除，宗族制度开始瓦解，个体家庭逐渐从宗族中独立出来。二是门阀

[1]《吾国与吾民》，林语堂著，黄嘉德译，湖南文艺出版社，2017年6月第1版，第267页。

清 孙温 《红楼梦图册》

世族的形成。东汉后期至魏晋南北朝时期，家族形式转变为以门阀世族为典型的大家族。这一时期，大家族的形成与土地兼并紧密相关，门阀地主在社会中占统治地位。三是庶民家族的逐渐兴起。从宋代开始至明清时代，随着科举制度的推行，选拔官吏不再受门第的制约，庶民家族逐渐兴起。这一阶段，家族治理表现为大众化的家族对社会的组织与管理，家族制度逐渐平民化和大众化。

二、近现代家庭的特征

近代在我国历史分期上多指19世纪中叶到五四新文化运动之间的时期，也指资本主义时代。现代在我国历史分期上多指五四新文化运动到现在的时期。我们先来看一部现代文学作品是怎样反映近现代家庭的时代特征与变化的。

著名作家巴金（1904—2005）的长篇小说《家》，描写了20世纪20年代初期四川成都一个封建大家庭的罪恶及腐朽，控诉了封建制度对生命的摧残，歌颂了青年一代的反封建斗争以及民主主义的觉醒。大哥高觉新与梅表姐青梅竹马，情深义重，但由于家长的反对和封建礼教的束缚，两人最终未能在一起。觉新被迫娶了李瑞珏，而梅表姐则嫁给了别人。二弟高觉民与琴表妹彼此相爱，但爷爷高老太爷却为他们另谋婚事。为了爱情，觉民选择离家出走，反抗家长的安排。三弟高觉慧爱上了聪明伶俐的婢女鸣凤，但孔教会的头面人物冯乐山却指名要娶鸣凤为妾。鸣凤坚决不从，最终投湖自尽。《家》所描写的故事，深刻地体现了近现代家庭的代际裂痕。这些裂痕在家长与子辈之间的观念差异、行为冲突以及最终选择中得到了充分体现，展现了社会变革对家庭结构和家庭关系的影响。

近现代中国家庭变迁的历史逻辑反映了从封建家庭模式到社会主义家庭模式的转变过程。这一过程伴随着政治、经济、社会和文化等方面的深刻变革，家庭作为社会的基本单位也经历了从封闭到开放、从依附到独立、从功能单一到功能多样的变化过程。这些变化不仅改变了家庭成员之间的关系和角色定位，也影响了家庭的功能和责任。

伴随着政治、经济、社会和文化等方面的深刻变革，家庭作为社会的基本单位也经历了从封闭到开放、从依附到独立、从功能单一到功能多样的变化过程。

中国近现代家庭变迁的历史逻辑可以概

括为以下几个关键阶段和特征：一是传统家庭结构瓦解。从鸦片战争开始到辛亥革命，随着西方列强的侵略，中国逐渐沦为半殖民地半封建社会，传统的家庭模式受到冲击。五四新文化运动期间，思想界开始批判封建家长制，标志着向传统封建伦理道德发起的全面进攻和清算。二是民主革命与家庭变革。辛亥革命推翻了清朝封建帝制，家庭制度在一定程度上得到松动，个体家庭开始获得更多自主权。抗日战争期间，家庭成员共赴国难，共同承担抗日救国的责任，家庭结构更加紧密。三是国家政策与家庭变迁。新中国成立后，土地改革使农民获得土地，家庭经济结构发生变化，家庭成为基本的经济单位。随着社会主义改造的完成，家庭从生产单位逐渐转变为消费和生育单位。从20世纪50年代开始，中国政府开始逐步实施计划生育政策，虽然此阶段并未强制执行，但是为后续的计划生育政策奠定了基础。

三、当代家庭的特征

2022年春节期间，一部根据著名作家梁晓声获得第十届茅盾文学奖的长篇小说《人世间》改编的同名电视剧在中央电视台热播，首播即拿下周五黄金档同时段收视率第一名。电视剧《人世间》以东北吉春市一个棚户平民区为背景，聚焦以周父为代表的中华人民共和国第一代工人家庭。该剧以1969年周家子女上山下乡为故事起点，逐步展开了共和国50年发展演进的宏伟画卷，涉及上山下乡、三线建设、恢复高考、知青返城、改革开放、反腐倡廉等国家和社会发展的重要节点和事件。该剧透过周家三代人的成长成熟和命运更迭，真实展现了当代普通老百姓的悲欢离合与中国社会的巨大变迁。

电视剧《人世间》通过周家这一典型家庭的生活变迁，深刻反映了当代家庭结构变迁的特征。这些特征包括家庭背景的地域性、工人阶级家庭的普遍性、多子女家庭结构的减少、成员关系复杂化、家庭功能多样化和社会角色变化、家庭观念淡化与重构以及价值观的多元化等。这些变化不仅体现了当代社会的快速发展和变革，也为我们理解和应对家庭问题提供了有益的启示。

中国当代家庭变迁的历史逻辑可以概括为以下几个阶段：一是改革开放后的家庭变迁。改革开放后，中国家庭经历了显著的变化。家庭规模日益小型化，从1982年的每户平均4.41人减少到2010年的3.09人，平均每户少了1.32人。家庭代际结构转向以一代户为主，核心家庭占比一直超过60%，成为主要的家庭类型。家庭关系呈现出平等化和民主化趋向，父母与子女之间的沟通和

家庭关系呈现出平等化和民主化趋向，父母与子女之间的沟通和交流增多，夫妻关系从“夫主妻从”转变为“夫妻平权”。

交流增多，夫妻关系从“夫主妻从”转变为“夫妻平权”。二是计划生育政策的影响。1983年至2013年，随着计划生育政策的实施，家庭规模逐渐缩小，家庭结构由多子多福的传统大家庭转变为“4+2+1”结构（即双方父母、夫妻二人和一个孩子），这种结构特点体现了上有老、下有小的家庭压力。三是二孩政策放开后的家庭变化。2014年单独二孩政策放开后，家庭结构再次发生变化，出现“2+2”的四口幸福之家结构（即夫妻二人和两个孩子），这种以夫妻和子女为主的家庭结构为孩子们提供了玩伴，也为他们的未来提供了更多的照应。四是家庭居住环境的变迁。随着家庭结构的变化和经济的快速增长，中国家庭的居住环境也发生了显著改变。从古代的深宅大院到现代的经济型两居室或功能型三居室、四居室，家庭居住环境越来越注重功能性、私密性和舒适性。

第三节 社会最基本的细胞

家庭是亲属中较小的户内群体，以婚姻、血缘关系为纽带，是共同生活、共同经济核算的基本单位。在现代社会，人们主要忠于自己的生育家庭。家族是一个基于血缘和地缘关系的较大的社会群体，通常包括多代人和多个家庭。亲属是基于血缘、婚姻或法律上的养育关系而形成的社会网络，其范围通常比家庭更广。家庭、家族、亲属在社会生活中既有区别，又有联系。

一、家庭扩大是什么

家庭是“由婚姻、血缘或收养而产生的亲属间的共同生活组织。有广狭两义。狭义指一夫一妻制个体家庭（单偶家庭）。广义泛指群婚制出现后的各种家庭形式，包括血缘家庭、亚血缘家庭（普那路亚家庭）、对偶家庭与一夫一妻制个体家庭。当代主要在狭义上使用。家庭与婚姻有密切联系，婚姻是家庭产生的前提，家庭是缔结婚姻的结果。”[1]

柏拉图曾说过：“一个人的启蒙教育能够决定他未来的一生。”南非的国家公园内陆续发现珍贵的白犀牛死亡。警察起初以为是偷猎者的“杰作”，但是死亡的白犀牛身上最值钱的牛角并未被割去，而它们身上都有被长而尖利的硬物刺透的伤口，甚至身体一些部位还有被践踏、踩压的痕迹。不久，真相大白。原来这是一群年轻、冲动的公象所惹的祸，它们都是孤儿，行为完全不受约束，这些动作只为了好玩。动物学者指出，在大象的群体生活中，都是由一只成年的公象，教导幼象各种规矩，并提供示范。而这一群幼象，由于父母都被人类猎杀，失去了

[1]《辞海》，上海辞书出版社，2019年12月第7版，第2014页。

学习的对象，以致行为上产生很大的偏差，才会以杀戮为乐，根本不以为意。（《大象孤儿》）[1]动物都需要教导，何况人类呢？每个人都应该有几位老师，他或许是你的父母、师长、朋友、同事、长官，甚至从未谋面的人。

家庭之所以被称为社会的细胞，是因为它是社会的基本组成单位，由具有亲属关系的成员组成。每个家庭都是社会的一个微小单元，它们的存在和运作共同构成整个社会的基础。家庭在社会结构中扮演着重要的角色，具有极其重要的地位和作用，不仅承载着生育、抚养、教育等社会功能，还是文化传承、社会稳定的重要基石。家庭扩大后，就产生了氏族、宗族和家族。它们都是由家庭发展起来的，从规模上来讲是家庭的扩

家庭在社会结构中扮演着重要的角色，具有极其重要的地位和作用，不仅承载着生育、抚养、教育等社会功能，还是文化传承、社会稳定的重要基石。

[1]《点灯的心：小故事中的大智慧与简单的人生真理》，魏悌香著，中华工商联合出版社，2001年4月第1版，第314页。

大。我们来看看氏族、宗族、家族之间都有哪些区别与联系。

（一）氏族和宗族

在群婚还盛行的时代，一个部落分为好几个母系血缘亲属集团，这种团体即氏族。“凡由于普那路亚婚姻，并且依照这种婚姻中必然占统治地位的观念而成为一个确定的女始祖即氏族创立者的公认后代的人，都是这种氏族的成员，这样就组成了氏族。”[1]人类社会经历了母权制氏族、父权制氏族等形式，氏族是一切野蛮人所共有的制度。而这种制度是“一种多么美妙的制度”，没有士兵、宪兵和警察，没有贵族、国王、总督、地方官和法官，没有监狱，没有诉讼，而一切都是有条有理的。但随着阶级的产生，这种制度就被破坏了，剥削和压迫遂将氏族社会引向崩溃。

在我国，宗族的发展较为普遍成熟。父系宗亲（早期英文资料常翻译为氏族、宗族）团体是地方社会最主要的组织性机制，最开始是宋代中国社会转型的产品。宋代科举考试改唐代每一年举行一次为每两年举行一次，后又改为每三年举行一次，这使得考试选拔官吏的消极性愈发凸显，而由此带来父系宗亲所取得的

[1]《家庭、私有制和国家的起源》，恩格斯著，中共中央马克思恩格斯列宁斯大林著作编译局编译，人民出版社，2018年3月第1版，第92页。

科举成就显得尤其珍贵。“当科举取代贵族的优势成为进用帝国官员最主要的途径时，精英以改变其婚配对象、认同和忠诚来响应这种变化。他们与家乡的富贵人家有系统地联姻，取代与帝国中的准贵族通婚，在此过程中建立地方的利益是他们心目中最重要的事。从中崛起的是乡镇或县层级中紧密通婚的宗族团体，他们各自或集体力求资助、保护与掌控自己本地的势力范围。这种地方宗族的建立需要一段时间，到了清朝时期达到狂热的地步，使得这些显赫家族成为地方社会的基石。”因为晚明精英从自由主义退却、社会上佛教和道教盛行，清初狂热回归儒家正统，宗族组织似乎获得儒家的授权，清代亲属组织为适应资源竞争，争取更多的发展机会，宗族的构建乃水到渠成。“清代最显著的特征之一，是父系亲属在文化上与社会上的强大影响力。人们深信任何一个人的成功或失败主要受父母亲的家教影响。”[1]

（二）家族与宗族

很多人知道江南钱氏家族乃闻名全国的名门望族。据史料记载：五代十国时期，吴越国王钱镠有妻室6房、33个儿子。他虽出身寒微，以武起家，但晚年好学，在家族中树立了榜样，因

[1]《最后的中华帝国：大清》，［美］罗威廉著，李仁渊、张远译，中信出版社，2016年10月第1版，104—105页。

此王室学风极盛。他对后代的教育非常看重，经常让孩子们诵读经典。子孙中出了许多文学家、藏书家、医药家。历朝历代，钱家出举人进士无数，状元也有不少。近代以来，钱家人才“井喷”，佼佼者层出不穷，如我们熟悉的钱学森、钱伟长、钱锺书、钱三强、钱其琛、钱正英、钱玄同、钱基博、钱复、钱穆、钱逊、钱永健等等，被大家编成了这样一句话：“一诺奖、二外交家、三科学家、四国学大师、五全国政协副主席、十八两院院士、一百多遍布海内外的科学院院士。”更引人注目和令人不可思议的，是其中那些杰出的父子档，如钱基博、钱钟书父子，钱玄同、钱三强父子，钱穆、钱逊父子，钱学榘、钱永健父子等。钱氏家族人才“井喷”背后的谜底是什么？有评论认为，钱氏家族之所以兴盛千年，历经三十多世而不衰，近代以来俊彦接踵出现的重要原因，与钱氏家族重视儒家文化传统的家庭教育模式密不可分。其《钱氏家训》就是基于儒家“修齐治平”的道德理想，并继承了先祖钱镠在临终前向子孙提出的、被后世称作《武肃王遗训》的十条要求，从个人、家庭、社会和国家四个层面，为子孙后代订立的详细行为准则。[1]

[1]《和美家庭》，本书编委会，红旗出版社，2015年12月北京第1版，第3—4页。

1957年，年仅31岁的著名美籍华裔物理学家李政道（1926—2024）与杨振宁凭借“宇称不守恒”定律共同获得诺贝尔物理学奖，成为首批获得这一殊荣的华人，是历史上第二年轻的诺贝尔物理学奖得主。李家堪称书香门第，一家五代人里，十余位学者都是各自领域的翘楚。李政道的曾祖父、伯祖父、祖父、伯父、父亲以及他的兄弟姐妹和儿子，都是社会上有影响力的知识分子。李政道的成功离不开他自幼受到的良好家庭教育。他的父母都是知识分子，为他提供了优越的学习环境。李政道天资聪颖，勤奋好学，最终成就了他在物理学界的辉煌。

所谓家族，就是“以婚姻和血缘关系结成的社会单位。亦指同一祖先的后代群体。在原始群的性杂交时期尚未产生家族。尔后有血缘家庭（族）。随母权制氏族公社的形成，乃有母系大家族，即男子居住女方，世系依母系计（群婚时代知母而不知父）。至父权制氏族公社时期，出现了父系大家族，即女子居住男方，世系依父系计。随原始公社制解体，父系大家族渐分裂为若干个体家庭。中国古代曾长期存留父系大家族制或父家长制。”[1]家族的概念非为世袭的阶级，而为社会的单位组织。

[1]《辞海》，上海辞书出版社，2019年12月第7版，第2016页。

家族和宗族虽然都涉及血缘关系，但它们在定义、结构和历史演变以及作用与影响等方面都存在明显的区别。一是定义。家族是以家庭为核心实体，以血缘和婚姻关系为纽带的人类社会自我协调的结构性产物和基本单位。它通常指具有血缘关系的人组成的社会群体，这个群体通常包括几代人。宗族指拥有共同祖先的人群集合，通常在同一聚居地形成大的聚落。它表现为一个姓氏并构成的居住聚落。一个宗族可以包括很多家族。二是结构。家族以家庭为基本构成单元，通过血缘关系扩展形成。在家族中，家庭是核心，家族成员间的关系较为紧密，共同承担家族的经济、情感和社会责任。宗族表现为一个单系结构，其世系是按男性而非由男女两性共同排列的，宗族中的所有女性都是男性的附庸。宗族通常有一个明确的族长或宗子，负责管理族内事务，维护族内秩序。三是历史演变。家族在原始社会可能以较小的规模存在，但随着社会的发展，其规模逐渐扩大，形成较为复杂的家族体系。我国封建制度下的父系家长制大家族长期存在，但社会主义制度确立后，家族结构发生了重大变化，形成较为单纯的血统关系结合成的家族。宗族产生于文明社会伊始，面对严酷的自然及社会的生存斗争，有独立生存能力的家族子孙逐渐脱离父族另立宗族。春秋战国以后，一个宗族所包含的人口往往可达几千甚至上万。四是作用与影响。家族对内职能包括维持共同生计、管理家族事务、维持家族成员间的感情融洽等；对外职能包括向社会提供劳动力、财力等。家族对整个社会有一定影响和制约作用，成为左右社会行为的最小单位。宗族除了具有家族的一些职能外，它还强调共同的祖先和姓氏，以及族内的等级和秩序。宗族对于维护社会稳定、促进族群认同等方面具有重要作用。总之，家族更强调血缘关系和家庭的核心地位，宗族则更强调共同的祖先和姓氏，以及族内的等级与秩序。

古语云："不孝有三，无后为大。"中国文化的生命观认为生命是一个链条，个体生命不过是链条中的一个环节，它继承自前人的生命，并通过它的后代延续下去，因此形成中国人必须有子孙的深刻观念，并由此造成中国人的家族观念非常深厚。"每个家族，在中国，实际系一互助小组织，在这个组织里头，各人尽其力而取所需。其间分子与分子的互助，发展到很高的程度，盖受着一种道德意识和家族光荣的鼓励。"[1]由此而形成的家族制度是中国社会的根柢，中国的一切社会特性无不由此衍生，它长久地影响着中国的社会生活，可谓有利有弊。有利的方面，家

[1]《吾国与吾民》，林语堂著，黄嘉德译，湖南文艺出版社，2017年6月第1版，第345页。

族制度所教导我们的孩子们的第一个课程，是在人与人之间的社交的义务：自重、礼貌、责任心和相互调整补充的要务。有弊的方面，家族制度促使家族构成一座铜墙铁壁式的堡垒，在其内部为最高的结合体且彼此互助，在其外部一切都是合法的可掠夺物且取消极抵抗的态度。时至今日，我们对于家族的态度应该是趋利避害。

一个好的家族的意义，不在于多殷实富贵，而是每一辈都竭尽所能，去托举下一代更上一层楼。每一代都是阶梯，为了下一代走得更高。

有人说："一个好的家族的意义，不在于多殷实富贵，而是每一辈都竭尽所能，去托举下一代更上一层楼。每一代都是阶梯，为了下一代走得更高。每一辈人都要做好自己该做的，父母有父母的样子，别想着不老就养老；孩子有孩子的样子，别还没奋斗就想着啃老。这个家族才会越来越好。"此言诚矣。

二、亲属有哪些关系

亲属是“因婚姻、血缘和法律拟制而产生的社会关系。一般分为血亲与姻亲。配偶是否作为亲属，各国规定不尽相同。中国、日本等国列为亲属，《德国民法典》《瑞士民法典》等不列为亲属。中国古代法律根据宗法制度与男尊女卑原则，将亲属分为宗亲与外亲，自《大明律》开始，又由外亲分出妻亲。宗亲又称‘内亲’，指与男系血统相连属的亲属；外亲指与女系血统相连属的亲属；妻亲，专指夫的妻方亲属，包括岳父母、妻的兄弟姊妹等。夫之宗亲与妻之宗亲间，法律不认为有亲属关系。1911年辛亥革命后加以改革，分亲属为血亲、姻亲与配偶三种。亲属关系以婚姻和血缘为纽带，亲属均有固定的身份和称谓，一经法律调整，便在具有亲属关系的主体之间产生法定的权利和义务”。[1]

（一）血亲关系

血亲是指具有血缘关系的亲属，通常是指基于出生或血缘关系而形成的亲属关系。它具有特定的权利和义务，并在社会中

[1]　《辞海》，上海辞书出版社，2019年12月第7版，第3493页。

发挥着重要的作用。在现代社会中，虽然血亲关系发生了一些变化，但其核心价值和意义仍然不可忽视。

伯夷和叔齐是商朝末年孤竹君的两个儿子。孤竹君死后，他们互相让位，不愿继承君位，一起隐居。后来周朝建立，他们耻食周粟，采薇而食，最终饿死在首阳山中，展现了兄弟间的高尚品德和深厚情谊。卫青和霍去病是西汉时期抗击匈奴的名将，卫青为兄，霍去病为弟。两人在战场上并肩作战，为保卫国家立下赫赫战功，兄弟之间相互支持、信任，共同为国家的安定和繁荣作出了巨大贡献。北宋文学家苏轼一生坎坷，多次被贬。苏辙则在兄长遭遇困境时，全力支持和帮助。苏轼在诗文中也多次表达对苏辙的深厚情谊，如《水调歌头·明月几时有》中“但愿人长久，千里共婵娟”，借明月寄托对苏辙的思念和祝福。这些例子都充分体现了血亲兄弟之间深厚的感情和相互支持、牵挂的情谊。

怎样理解血亲关系呢？一是血缘关系。血亲的核心是血缘关系，即基于共同的祖先而产生的亲属关系。这种关系通常通过家族谱系、DNA测试等方式进行确认。二是代和称谓。血亲之间根据关系的远近有不同的代和称谓。如直系血亲包括父母、子女、祖父母、外祖父母等，旁系血亲则包括兄弟姐妹、堂亲、

南宋 李唐 《采薇图》（局部）

表亲等，一辈为一代。这些代和称谓不仅反映了亲属关系的远近，也体现了家庭成员间的辈分和身份。三是权利义务。血亲之间通常具有特定的权利和义务。如父母有抚养子女的义务，子女有赡养父母的义务；在继承法中，血亲也是重要的继承人之一。这些权利和义务体现了家庭成员间的相互扶持和关爱。四是社会功能。血亲关系在社会中具有重要的功能。它有助于维护家庭和社会的稳定，通过血缘关系形成的社会网络为个体提供了支持和保护。血亲关系也是文化传承和传递的重要载体，通过家族传统、习俗等方式将文化代代相传。五是现代社会的变化。随着社会的发展和变迁，一些传统的血亲观念和行为方式也在发生变化。如随着城市化进程的加速和人口流动的增加，一些家庭可能不再居住在同一个地区，导致血亲关系的疏远和淡化。随着法律制度的完善和社会观念的转变，一些非血缘关系也可能被视为血

随着城市化进程的加速和人口流动的增加，一些家庭可能不再居住在同一个地区，导致血亲关系的疏远和淡化。

亲关系，如收养关系等。

（二）姻亲关系

姻亲是指因婚姻关系而产生的亲属关系，这种关系并非基于血缘，而是通过缔结婚姻的双方家庭之间的联系而建立的。姻亲不仅扩展了个体的家庭网络，还伴随着一定的权利和义务。在现代社会中，虽然一些传统的姻亲观念和行为方式正在发生变化，但姻亲关系仍然在社会中发挥着重要的作用。

培根说："最可恶的人，是一切行动都以自我为中心。"有次到朋友家做客，朋友因为家务分工问题与妻子争执不下，朋友认为他每天都要起早贪黑上班，回来还要被妻子抱怨说不干家务。他的妻子反驳道："我要洗衣做饭、辅导孩子学习、照顾公婆，还全年无休，你怎么不说？"在家务分工上，男女双方往往基于自己的角色定位和工作内容来评判对方的贡献，导致难以达成共识。其实，站在别人的立场看一看，或从对方的角度想一想，很多事情就会有不一样的感受了。对待家人，不妨多一点包容，多一点爱护。

如何理解姻亲关系呢？一是婚姻纽带。姻亲关系的建立基于婚姻这一特定的社会契约。当两个人决定结婚并组建家庭时，他们的家庭之间就形成了一种新的联系，即姻亲关系。这种关姻亲关系的形成使得个体的家庭网络得以扩展。在缔结婚姻之后，个体不仅与自己的直系血亲和旁系血亲保持联系，还与配偶的直系血亲和旁系血亲建立了新的关系。

系通过婚姻的纽带将两个原本独立的家庭联系在一起。二是家庭扩展。姻亲关系的形成使得个体的家庭网络得以扩展。在缔结婚姻之后，个体不仅与自己的直系血亲和旁系血亲保持联系，还与配偶的直系血亲和旁系血亲建立了新的关系。这种家庭网络的扩展为个体提供了更多的社会支持和资源。三是权利义务。虽然姻亲关系并非基于血缘，但同样伴随着一定的权利和义务。如在夫妻关系中，双方有相互扶持、共同生活的义务；在婆媳关系中，儿媳有尊重长辈、孝顺父母的义务，而婆婆则有对儿媳关心和帮助的义务；翁婿关系也是如此。这些权利和义务体现了姻亲关系中的相互责任和期望。四是社会功能。姻亲关系在社会中具有重要的功能。它有助于加强不同家庭之间的联系和合作，促进社会的和谐与稳定。姻亲关系也是文化传承和传递的重要途径之一，通过婚姻双方家庭的交流和互动，可以传递各自的文化传统和价值观。五是现代社会的变化。随着社会的发展和变迁，一些传统的姻亲观念和行为方式也在发生变化。在现代社会中，人们更加注重个人的独立性和自由选择权，婚姻不再被视为唯一的家庭组建方式。随着法律制度的完善和社会观念的转变，一些非传统形式的婚姻（如同性婚姻等）也逐渐被接受和认可，这使得姻亲关系的定义和内涵也在发生变化。

（三）配偶关系

配偶是指依法缔结婚姻关系的双方中的任何一方，通常指的是丈夫或妻子。配偶双方共同承担着家庭和社会责任，并在法律上享有一定的权利和地位。在现代社会中，我们需要更加关注配偶关系的健康与和谐。

宋代才女李清照与丈夫赵明诚之间的爱情故事，展现了夫妻间深沉而持久的爱情，被后人传为佳话。这段婚姻不仅基于文学上的共鸣，更有着深厚的情感纽带。如李清照在晚年作品《声声慢》中写道："寻寻觅觅，冷冷清清，凄凄惨惨戚戚。乍暖还寒时候，最难将息。三杯两盏淡酒，怎敌他、晚来风急？"深刻地表达了她失去丈夫后的凄凉与无助。

怎样理解配偶关系？一是婚姻关系。配偶关系的建立基于合法的婚姻关系。这意味着双方通过法律手段（如结婚登记）确认了彼此之间的夫妻关系，并承担相应的法律和社会责任。二是伴侣与支持。配偶是生活中最重要的伴侣之一，共同分享生活的喜怒哀乐，相互支持、关心和鼓励。在面对困难或挑战时，配偶是对方最坚定的支持者和帮助者。三是共同责任。配偶之间共同承担着家庭和社会责任。这包括共同养育子女、照顾老人、管理家庭财务等。他们需要携手合作，共同面对生活的挑战和压力。四是情感联系。配偶之间建立了深厚的情感联系。他们彼此关心、理解和尊重，共同经历生活的起伏和变迁。这种情感联系是婚姻关系中最宝贵的财富之一。五是法律地位。配偶在法律上享有一定的权利和地位。如在财产继承、子女抚养等方面，配偶通常具有优先权。配偶还享有共同管理家庭事务的权利和责任。六是现代社会的变化。随着社会的发展和变迁，人们对配偶关系的理解和期望也在发生变化。现代社会的配偶关系更加注重

配偶是生活中最重要的伴侣之一，共同分享生活的喜怒哀乐，相互支持、关心和鼓励。在面对困难或挑战时，配偶是对方最坚定的支持者和帮助者。

平等、尊重和沟通。夫妻双方需要共同努力，建立健康、和谐的婚姻关系，共同营造幸福的家庭氛围。

第四节 国家最坚实的基础

家庭、民族和国家之间的关系是紧密相连、相辅相成的，是相互依存、相互促进的。家庭是民族文化的传承载体，是国家的基础和细胞；民族为家庭提供文化归属感和身份认同，是国家的重要组成部分；国家为家庭提供法律保障和公共服务，是民族利益的代表和维护者。三者之间的和谐稳定关系，对于社会的繁荣和发展具有重要意义。

一、家是最小国

“书、蔬、鱼、猪，一家之生气。少睡多做，一人之生气。勤者，生动之气。俭者，收敛之气。有此二字，家运断无不兴之理。”[1]晚清名臣曾国藩（1811—1872）这种勤勉淳朴而崇尚简单生活的田园思想是基于保存家族的理想，比较密切接近孔子的家族制度。晚清另一名臣左宗棠（1812—1885）在《与癸叟侄》中写道：“一国有一国之习气，一乡有一乡之习气，一家有一家之习气。有可法者，有足为戒者。心识其是非，而去其疵以成其醇，则为一国一乡之善士，一家不可少之人矣。”[2]提供了如何做国家、乡里的优秀人才及家庭中的主心骨的秘诀。

许多类似的名人家训，总是被世人一致推崇并坚持用来教育后人，而且被认为是民族最有价值的传统道德。假令朴素能使家族繁荣长久，则同样可使国家繁荣持久。

余美芳一家是江苏省常州市一个特殊家庭，全家六口人，却有五个姓。自1978年起，余美芳的公公先后无偿赡养了五位无血缘关系的老人，并先后为三位外姓老人养老送终。2007年，余美芳成为这个家庭的一员，从此她和丈夫刘伟接过赡养老人的接力棒。老人年事已高，没有任何经济来源，有的老人还卧病在床，经常大小便失禁。老人们的吃、穿、住、用、行和医疗方面的费

[1]《曾国藩家书》，檀作文译注，中华书局，2016年3月第1版，第249页。
[2]《中华传统家训选读》，李兵、彭昊选编、译注，岳麓书社，2022年9月第1版，第395—396页。

用，都由余美芳夫妇承担。生活上，他们对老人精心照料；精神上，他们给老人以最大的安慰。[1]

人们常说："家是最小国，国是千万家。"家庭作为国家最基层单位，在维护社会稳定、传承家国文化、参与经济生产和社会治理等方面发挥着重要作用，具有举足轻重的地位。

中华民族历来重视家庭，正所谓"天下之本在国，国之本在家"。一个国家的强盛，一个民族的复兴，最终要体现在千千万万个家庭的幸福美满上。因此，家庭是国家的基本组成单元，是国家和民族复兴之基。中华民族的历史和现实都告诉我们，家庭的前途命运同国家和民族的前途命运紧密相连。只有家庭幸福美满，国家才能富强，民族才能复兴。同时，我们也要认识

中华民族的历史和现实都告诉我们，家庭的前途命运同国家和民族的前途命运紧密相连。只有家庭幸福美满，国家才能富强，民族才能复兴。

[1]《和美家庭》，本书编委会，红旗出版社，2015年12月北京第1版，第21页。

到，只有国家富强、民族复兴，家庭才能幸福。

怎样理解“家是最小国”？其一，家庭是人类社会最古老、最基本的组成单元。每个人从出生到成长，都离不开家庭这一基本环境。家庭为个体提供了最初的社会化场所，通过家庭成员之间的互动，个体学会了基本的行为模式、社会规范和价值观。其二，家庭是社会稳定的重要基石。一个和谐、稳定的家庭，既有利于个体的健康成长，也有助于减少社会矛盾和冲突。而家庭关系的紧张和破裂，往往会导致个体心理问题的出现，甚至引发社会问题的加剧。在家庭中，亲情和关爱为人们提供了心理支持，有助于减轻社会压力和冲突。一个充满爱和温暖的家庭，能够培养出有爱心、有责任感、有道德感的公民，为社会的和谐、稳定和发展作出贡献。其三，家庭是文明传承的重要载体。通过家庭教育，将一个国家的民族的文化传统、价值观和行为规范传递给下一代，保证了中华优秀传统文化乃至人类文明的延续和发展。家庭中的文化传承涉及知识、技能、道德、信仰、习俗等方面，对个体的成长、国家的复兴产生深远的影响，进而影响整个人类社会的文明进程。其四，家庭是生产和消费的经济单位。在传统社会中，家庭成员共同劳动、共同消费，形成了紧密的经济联系。即使在现代社会，家庭仍然要参与经济活动，家庭成员之间的经济合作和互助，对推动经济社会的发展具有重要作用。其五，家庭是基层社会治理的最小单元。家庭成员通过参与社区活动、志愿服务等，为社会的和谐稳定作出贡献。家庭也是国家政策的执行者之一，家庭成员通过遵守国家法律法规、执行国家政策等方式，为国家的治理和发展提供支持。其六，家庭是许多重要的社会功能的承载者。家庭是生育和抚养下一代的场所，对于人类的繁衍和文化的传承起着至关重要的作用。家庭也是社会情感的纽带，成员之间的亲密关系为个体提供了情感支持和归属感。家庭还承担着教育、社会化等功能，帮助个体成长并适应社会环境。其七，家庭是时代发展和社会变迁的反映者。随着社会的发展和变迁，家庭结构从传统的大家庭逐渐转变为核心家庭，家庭关系变得更加平等和民主。这些变化反映了社会观念的转变和进步。其八，家庭是个体与社会之间的连接点。通过家庭，个体与社会建立了联系，获得了社会认同和归属感。同时，家庭也是个体实现社会化的重要场所，帮助个体学习社会规范，掌握社会技能，形成社会角色。

二、各民族像石榴籽一样

所谓民族，指“在一定的历史发展阶段形成的稳定的人们共同体。一般来说，在历史渊源、生产方式、语言、文化、风俗习惯以及心理认同等方面具有共同的特征。有的民族在形成和发展过程中，宗教起着重要作用，古今中外对不同历史发展阶段的‘民族’有不同的理解和称谓。早期中文用‘族’或‘××人’来区分族别。近代西方民族国家出现后，中国在引入现代民族观念时，使‘民族’一词有了两种含义：（1）指体现为国家层面的民族，如中华民族、法兰西民族；（2）指国家层面的民族之下的族裔共同体，如中国的汉、满等56个民族。作为人们共同体形式，不同历史阶段的民族都会经历形成、发展、融合、消亡的过程，在形成中发展，在发展中融合，在融合中消亡，这是一个动态的和漫长的历史过程。”[1]

中华文明何以数千年绵延不绝，乃因中华民族本质及民族持续力，一部分是先天的，一部分是文化教育的结果。“在巩固民族持续力的文化力量中，最有价值者，当首推中国之家族制度，

[1]《辞海》，上海辞书出版社，2019年12月第7版，第3054页。

盖其组织既已十分完密，原则又阐明至为详细，故任何人均不能忘却本人祖系之所属。”[1]在吸收异族血胤以渐达到革新方面，野蛮民族或其混血儿必乐于加入家族，而分享家族世系延续的一部分，并沉醉于一种美妙的理想，觉得一个人的躯壳虽死而其灵魂不灭，仍能生存于家族生命的巨大川流之中。家族制度的存在，使子孙繁衍，扩大民族数量。另一方面，中国社会不存在完全固定的阶级，人人经由科举考试可以获取功名从而晋升地位。这种考试制度的施行，选拔才智、鼓励求学，提高民族质量。这两方面因素相辅相成，便使中华民族永久长存、生生不息。

民族作为国家的重要组成部分，在构成国家的基本要素、文化的多样性、经济的互补性、政治的稳定性以及历史的传承性等方面发挥着重要作用。其一，民族是构成国家的基本要素之一。无论是单一民族国家还是多民族国家，民族都是国家形成和发展的基础。如我国就是一个由56个民族组成的多民族国家。一个国家内的各个民族，在长期的历史发展过程中，形成了相互依存、相互促进的关系，共同推动国家的繁荣和进步。其二，各民族共同构成了国家文化的多样性。各个民族都有其独特的语言、

[1]《吾国与吾民》，林语堂著，黄嘉德译，湖南文艺出版社，2017年6月第1版，第37页。

习俗、价值观和文化传统，不仅丰富了国家的文化内涵，也增强了国家的凝聚力和向心力。如汉族的儒家文化、蒙古族的草原文化、藏族的藏传佛教文化等，都是中国文化的重要组成部分，共同构成了中国文化的独特魅力。其三，不同民族在经济发展上各有优势且形成了互补关系。这种经济的互补性，有助于促进国家经济的全面发展和繁荣。如我国汉族地区在制造业、服务业等方面具有优势，而少数民族地区在资源、旅游等方面具有独特优势，双方通过合作可以实现互利共赢。其四，各民族的大团结形成了政治上的稳定性。一个民族团结、和睦相处的国家，能够更好地应对各种挑战和危机，保持国家的长治久安。如我国政府在维护民族团结方面，采取了包括实行民族区域自治制度、推广民族语言文字等一系列措施，有效促进了各民族之间的和谐共处和共同发展。其五，各民族历史文化相互影响的传承性。民族是历史的产物，承载着丰富的历史记忆和文化传统，对于国家的认同感和凝聚力具有重要意义。如我国各民族的历史文化传统源远流长，共同构成了中华民族的宝贵财富和精神支柱。这种历史的传承性，不仅增强了各民族的归属感和认同感，也促进了国家的团结和统一。

“要推动各族群众逐步实现在空间、文化、经济、社会、心理等方面的全方位嵌入，促进各民族像石榴籽一样紧紧抱在一起。”这是习近平总书记2022年7月12日至15日在新疆考察时的讲话。他不止一次地讲到“石榴籽”这个比喻，使中华民族共同体意识形象而生动。中华民族一家亲，同心共筑中国梦。我们要用心讲好中华民族故事，构筑中华民族共有精神家园，引导各族群众牢固树立和不断增强休戚与共、荣辱与共、生死与共、命运与共的共同体理念，十分珍视和维护各民族之间的和谐关系，共同推动国家的繁荣和发展。

中华民族一家亲，同心共筑中国梦。

三、国是千万家

“中国民族在很早以前，就造起了一座万里长城和开凿了几千里的运河，这就证明中国民族伟大无比的创造力！中国在战斗之中一旦斩去了帝国主义的锁链，肃清自己阵线内的汉奸卖国贼，得到了自由与解放，这种创造力，将会无限地发挥出来。到那时，中国的面貌将会被我们改造一新。所有贫穷和灾荒，混乱和仇杀，饥饿和寒冷，疾病和瘟疫，迷信和愚昧，以及那慢性的杀灭中国民族的鸦片毒物，这些等等都是帝国主义带给我们可憎的赠品，将来也要随着帝国主义被赶走而离去中国了。朋友，我相信，到那时，到处都是活跃的创造，到处都是日新月异的进步，欢歌将代替了悲叹，笑脸将代替了哭脸，富裕将代替了贫穷，康健将代替了疾苦，智慧将代替了愚昧，友爱将代替了仇杀，生之快乐将代替了死之悲哀，明媚的花园将代替了凄凉的荒地！这时，我们民族就可以无愧色地立在人类的面前，而生育我们的母亲，也会最美丽地装饰起来，与世界上各位母亲平等地携手了。”[1]

这段饱含炽烈感情的优美文字，摘自革命志士、爱国红军将领方志敏1935年5月2日写于狱中的文章《可爱的中国》。它描写了当时“江山破碎，国弊民穷”的中国，并对祖国母亲的未来充满了希望和信心，相信“中国一定有个可赞美的光明前途”，“决不在辽远的将来，而在很近的将来”。

“‘国家是阶级统治的机关’（《列宁选集》第3卷第114

[1]《可爱的中国》，方志敏著，江苏凤凰文艺出版社，2017年1月第1版，第28—29页。

页）。掌握在经济上占统治地位的阶级手中。包括国家立法机关、行政机关、审判机关、检察机关、军队、警察、监狱等，是统治阶级行使权力的工具。国家不按血缘关系，而是按地区划分和组织它的国民。国家是国际法的主体，在国际法上享有权利和承担义务。国家是一个历史范畴，在经济发展到一定阶段而使社会分裂为阶级时产生，是阶级矛盾不可调和的产物和表现。国家的基本职能因其性质不同而不同。现代国家日益承担发展生产力，组织或促进社会经济、政治、文化、环境建设等任务。在社会生产力高度发展的基础上，随着世界上私有制和阶级的彻底消灭，国家将因其丧失作用而逐步消亡。国家也指世界上各个有疆域、人民、独立地位和主权的不同于地区的政治实体。现代国家一般为联合国承认。”[1]国家是阶级统治的工具，同时兼有社会管理的职能。国家是阶级矛盾不可调和的产物和表现，它随着阶级的产生而产生，也将随着阶级的消灭而消亡。国家也指一个国家的整个区域。

在中国传统文化中，家国相连。“西周建立以后，分封诸侯，建立邦国，在天下推行封建制，并以血缘宗法为基础，所以

[1]《辞海》，上海辞书出版社，2019年12月第7版，第1540—1541页。

是‘家国天下’。”[1]在中国历史上是“家国同构”的，这是专制主义的特征。“中国古代确实如此，常把国天下变成家天下，然后把家天下推扩到国天下。……不能否认‘家国同构’确实有某些方面的问题，但也还可以从其他方面去理解。地方官是父母官跟子民的父子关系，就是绝对的不好吗？父母对子女永远是无私奉献的，不计回报的。”“家庭成员之间要相互扶持，责任和义务是第一位的。把家推广到乡里就是家乡，推广到全国就是国家，推广到世界就是天下一家。”[2]儒家的五种人际关系——君臣、父子、夫妇、长幼、朋友，强调人的自我管理，这是中国礼教的政治功能。“这个帝国的构成，是以治家的思想为基础的。……只要削减掉这些习惯的一种，你便

家庭成员之间要相互扶持，责任和义务是第一位的。把家推广到乡里就是家乡，推广到全国就是国家，推广到世界就是天下一家。

[1]《中国人的人文精神》，楼宇烈著，北京联合出版公司，2020年12月第1版，第139页。
[2]《中国人的人文精神》，楼宇烈著，北京联合出版公司，2020年12月第1版，第142、152页。

动摇了国家。”（孟德斯鸠语）

国家被视为家庭的延伸扩大，不仅具有组织结构的相似性、功能与职责的扩展性、价值观与文化的传承性、保护与支持的作用性等特点，而且还在历史与现实层面上与家庭紧密相连。

既然家国同构，我们就要有家国情怀。怎样理解“国是千万家”？一是家国组织结构的相似性。家庭是最基本的社会组织单位，由家庭成员通过血缘、婚姻或收养关系紧密联系在一起。而国家作为更高层次的社会组织，其组织结构在某种程度上与家庭相似。国家由公民组成，公民之间通过法律、政治和经济纽带相互连接，形成一个庞大的社会网络。二是家国功能与职责的扩展。家庭承担着繁衍后代、抚养子女、教育成员、提供情感支持等基本功能。国家则将这些功能扩展到整个社会层面，通过制定法律、政策来维护社会秩序、保障公民权益、推动社

家庭承担着繁衍后代、抚养子女、教育成员、提供情感支持等基本功能。

会进步。国家在教育、医疗、养老、就业等方面为公民提供广泛的服务和支持，这些都是家庭功能的延伸和扩展。三是家国价值观与文化的传承。家庭通过教育，将本民族的文化传统、价值观和行为规范传递给下一代。同样，国家也承担着传承和弘扬民族文化的重要职责，通过教育、文化事业等途径，推动民族文化的传承和发展，增强民族认同感和凝聚力。这种文化传承的连续性使得家国文化绵延不绝。四是家国保护与支持的作用。家庭为成员提供保护和支持，确保成员在面临困难时能够得到帮助和安慰。国家通过法律手段保护公民的合法权益，通过社会保障体系为公民提供基本生活保障，通过外交和军事手段维护国民安全和稳定，使得国家成为家庭的有力后盾和强大保障。五是家国历史与现实的联系。许多国家的形成和发展，都与家庭、家族和部落的演变密切相关。在现代社会中，虽然家庭结构和社会关系发生了巨大变化，但家庭在国家中的地位和作用依然不可忽视。家庭是社会的细胞，国家则是这些细胞的集合体，二者共同构成了社会的有机整体。

第五节 最核心的精神家园

家庭作为我们最核心的精神家园，不论外面的世界怎么变，家总是那个最温暖的港湾，每次想到家人，心里都会暖暖的。它承载着人们深层的情感联系、价值观传承、个体成长和精神寄托的重要使命。家庭对于我们的成长和发展具有不可替代的作用。我们每个人都应该珍视家庭、关爱家人，共同营造一个温馨、和谐的家庭氛围。

一、情感连接的纽带

家庭是血缘关系和亲密关系的结合体。家庭成员间存在着天然的、紧密的情感联系。这种联系使得家庭成为个体情感表达和交流的首要场所，满足了我们寻求亲近、温暖和安慰的需求。

居里夫人说："家人互相结合在一起，才真正是这人世间的唯一幸福。"2020年突发的新冠疫情来势汹汹，作为四川省达州市宣汉县融媒体中心新闻部的一名记者，李均接到疫情外采通知，他毫不犹豫戴上口罩，扛起摄像机，跟随县领导上山下乡，对疫情的发展情况进行跟踪报道。为了防止交叉感染，所有工作人员集中住在隔离酒店不能回家，一待就是一个多月。孩子想念爸爸了，妻子章丽萍就骑上自行车带着孩子，站在酒店外面，远远地和丈夫说上几句话，叮嘱他注意防护，全家人都盼着他早日安全回家。[1]良好的家风是无言的教育，如春天的雨露，润物无声。章丽萍全力支持丈夫的事业，在家照顾好因车祸重伤的婆婆，为年幼的女儿、儿子的成长树立了最好的榜样。

对亲情的向往是人之天性，在我们周围有太多缺少爱的孩

[1]《家风如雨 榜样无声——记2023年全国最美家庭章丽萍家庭》，张靖、赵雅晨文，刘民婕编，掌上达州，2023年6月28日。

子，他们看似坚强的外表下，常常隐藏着一颗对亲情的渴慕之心。当你不吝惜地付出一份关怀时，这世界就多了一丝温暖。

家庭是我们情感的归宿。那些日常生活中的小细节，妈妈做的饭菜，爸爸给的建议，还有兄弟姐妹的陪伴，那份无条件的爱和关心，都让我们倍感温馨。

家庭是人们情感连接的纽带。人的情感也常指感情，是对外界刺激肯定或否定的心理反应，如喜欢、愤怒、悲伤、恐惧、爱慕、厌恶等。在家庭中，我们可以感受到亲情、友情和爱情的温暖，这种情感连接能够给予人们归属感、安全感和幸福感。家庭是我们情感的归宿。那些日常生活中的小细节，妈妈做的饭菜，爸爸给的建议，还有兄弟姐妹的陪伴，那份无条件的爱和关心，都让我们倍感温馨。

家庭是人们心灵的避风港。所谓心灵是指内心、精神、思想等，而避风港是供船只躲避大风浪的港湾，比喻可以躲避激烈斗争的地方。在家庭中，我们可以获得来自亲人的关爱、鼓励和支持。这种情感支持能够增强自信心和勇气，帮助我们应对生活中的各种挑战和困难。在面临压力和困境时，家人的陪伴和安慰能够给我们带来温暖和力量，使我们在心灵上得到慰藉。

二、价值观的传承地

家庭是价值观传承的讲习所。在家庭中，父母通过言传身教，夫妻通过相互影响，将自己的价值观、信仰和道德观念传授给子女或家庭成员。这些价值观对于个体的成长和发展具有深远的影响，塑造了人们的性格、行为方式和人生观念。好的家庭价值观的传承有助于培养个体积极向上的精神风貌，为社会培养有道德、有责任感的人才。

好的家庭价值观的传承有助于培养个体积极向上的精神风貌，为社会培养有道德、有责任感的人才。

夜深了，窗外的香樟树，镀上了一层银色的月辉。这时，有烟花在空中绽放，发出清脆的欢鸣，让人惊醒，让人遐想，让人振奋。何继荣回想起在烟花厂与工人们奋斗的日日夜夜，现在因改制将要分开，心中很是不安，有一种说不出的辛酸滋味。他暗暗下定决心，这条路我一定要走下去。何继荣又把军号拿在手中，轻轻抚摸，觉得军号变得有温度了，好像要和他交流对话。此时，他与郭华辉在战场上并肩战斗、生死相依的情景，就出现在眼前，他不禁泪流满面。

何继荣走过去，拉着妻子的手，深情地说："我决定把房子卖掉，用自己的伤残补助和所有积蓄，带着回来的退役军人和改制下岗职工办厂创业。你愿意跟我承受更大的风险和苦累吗？"

朴实柔情的妻子睁大眼睛，望着他回答道："我们老家乡下有句俗话'嫁鸡随鸡嫁狗随狗'，我不会离开你，女儿也不会离开你。就是租房子住，吃粗茶淡饭，我也愿意跟你一道同行，哪怕再难再苦，也无怨无悔！"

这个从战场归来的铁骨军人，流泪了。这是相濡以沫的知心之泪，奋斗前行的倾怀之泪，更是迎接春天的动情热泪。什么叫海枯石烂两情不弃？什么是风雨同舟丹心如磐石？浏阳河畔这对夫妻的夜语就是最好的诠释。夜空圣洁的星光照亮着这个普通家庭，他们踏上了新的追梦征途。[1]

[1] 摘自谭仲池《军号嘹亮》，《长沙晚报》，2024年8月15日第8版《橘洲文苑》。

全国模范退役军人何继荣面对激荡的改革大潮，没有犹豫，没有观望，在妻子的大力支持下，毅然带领退役军人和改制下岗职工办厂创业，实现了从企业干部到优秀企业家的角色转变，坎坷的经历成就了多彩人生，彰显了他的军人本色，续写了军人的荣光！

家庭是个体情感教育的课堂。在家庭中，父母以身作则，夫妻相互影响，传递着爱、尊重、理解、宽容等价值观，培养教导孩子或影响家庭成员建立健康的人际关系、处理情感问题和表达情感。这种情感教育或情感交融对于孩子或家庭成员的成长和发展具有深远的影响。

三、个体成长的摇篮

家庭是个体成长的摇篮。在家庭中，个体可以学习到基本的生活技能、社交技巧和情感表达方式。家庭的支持和鼓励有助于个体建立自尊心和自信心，培养独立、自主和创新的品质。家庭的关爱和陪伴有助于个体建立健康的心理状态，为未来的成长和发展打下坚实的基础。

英籍华裔钢琴家傅聪有着“钢琴诗人”美誉，美国《时代》

周刊曾在20世纪60年代将其评为当代最伟大的钢琴家之一。他的父亲傅雷是著名翻译家、作家、教育家、美术评论家。傅雷夫妇对儿子傅聪的教育倾尽了心血，傅雷夫人不惜卖掉自己的陪嫁首饰为傅聪购买钢琴，而傅雷本人则亲手为傅聪抄写五线谱，显示了家庭成员为了孩子的成长所作出的牺牲。此外，傅雷对傅聪在艺术道路上的要求极为严格，体现了“艺术至上、理性至上”的教育理念。他深知艺术道路的艰辛，因此对傅聪的钢琴训练从不懈怠，即便是细节之处也力求完美，这种严格要求促进了傅聪技艺的精进，为其日后成为世界著名的钢琴演奏家奠定了坚实的基础。傅雷在教授艺术的同时，也非常注重培养傅聪的人格与道德品质。傅雷还通过自身的行动，如在信中分享自己的生活态度和爱国情怀，潜移默化地教育傅聪要爱国、敬业，以及如何处理个人与国家、事业的关系。为了确保傅聪接受到最优质的教育，傅雷甚至自己编撰教材，从《战国策》《史记》等古典名著中选取文章，亲自授课，这样的个性化教育方案体现了他对儿子全面发展的重视。

当傅聪远赴波兰留学后，傅雷通过数百封家书与儿子保持沟通，不仅讨论艺术和学习，还分享生活哲学、处世之道，多次强调“做人第一”，这些家书后来结集成《傅雷家书》，成为教育经典。如1956年2月13日的信中写道：“一般小朋友，在家自学的都犯一个大毛病：太不关心大局，对社会主义的改造事业很冷淡。……那般小朋友的病根，还是在于家庭教育。家长们只看见你以前关门练琴，可万万想不到你同样关心琴以外的学问和时局；也万万想不到我们家里的空气绝对不是单纯的，一味的音乐，音乐，音乐的！”再如1956年7月29日的信中又写道：“上次我告诉你政府决定不参加Mozart［莫扎特］比赛，想必你不致闹什么情绪的。……早一日露面，晚一日露面，对真正的艺术修养并无关系。希望你能目光远大，胸襟开朗，我给你受的教育，从小就注意这些地方。身外之名，只是为社会上一般人所追求、惊叹，对个人本身的渺小与伟大都没有相干。”[1]这种持续的精神交流加深了父子间的情感联系，同时也展现了傅雷作为父亲深沉而细腻的爱，彰显了傅雷对儿子成长的全方位的关怀与教育。

家庭是人们情感修复的诊所。在面临挫折失败、情感创伤或心理问题时，家庭是人们寻求情感修复和慰藉疗愈的重要场所。家人的关爱、理解和支持有助于人们走出困境或心理阴影，重新获得信心和勇气。

[1]《傅雷家书新编》，傅雷著，中国友谊出版公司，2021年3月第1版，第128、142页。

家庭也是人们情感交流的茶室。在家庭中，人们可以自由地表达自己的情感和想法，得到家人的关心、理解和支持。通过聊天式的沟通交流，个体可以感受到来自亲人的关爱、温暖和情感支持。这种情感交流有助于减轻内心的压力，缓解焦虑和抑郁等负面情绪，使人们感到被接纳和关心，促进个人的心理健康。

四、精神寄托的归宿

家庭为人们提供了一个安全、可靠的环境，使人们能够放心地追求自己的梦想和目标。在家庭中，人们可以得到情感上的滋养和修复，使心灵得到治愈和成长。

家庭是人们精神寄托的归宿。所谓归宿是指人或事物最终着落的地方。在家庭中，人们可以找到归属感和认同感，获得内心的平静和安宁。家庭为人们提供了一个安全、可靠的环境，使人们能够放心地追求自己的梦想和目标。在家庭中，人们可以得到情感上的滋养和修复，使心灵得到治愈和成长。

田波扬与陈昌甫同为湖南浏阳人，因有

共同的志趣爱好，他们互相学习，结为革命伴侣。婚后，陈昌甫随田波扬到长沙求学并积极参与革命活动。马日事变后，敌人到处搜捕田波扬，同志们劝他下乡暂避，他坚定地说："斗争需要我留下，即使死了也值得。"田波扬夫妇冒着极大的生命危险，四处奔走。由于叛徒告密，田波扬夫妇不幸被捕。在监狱里，敌人使尽了各种伎俩，对田波扬进行了七天七夜的摧残折磨，始终没有从田波扬口中得到一点信息。敌人对田波扬无计可施，就审问陈昌甫，并要她代替田波扬在自首书上签字。陈昌甫牢牢记着丈夫"一心为党，宁死不屈"的嘱咐，夺过敌人手中的笔，在纸上疾书："我宁可代替他死，但决不代替他叛党！"1927年6月6日凌晨，残暴的敌人杀害了这对年轻的革命夫妻。他们的小女儿藕儿在父母牺牲时只有3岁，对父母的记忆主要来源于亲人的回忆。藕儿曾在桂花树下等待父母归来，这一等就是89年。她站在已经苍老了的桂花树下，念叨着父母怎么还不回来，泪水顺着她的脸颊流了下来。这是思念的泪水，更是骄傲的泪水。

家庭也是个体情感认同的源头。在家庭中，个体能够找到自己的位置和价值、来处及归途，获得归属感和认同感。它有助于增强个体的自尊和自信，促进个人的自我实现和发展。家庭作为一个相对封闭而稳定的系统、安全可靠的环境，为人们提供了安全感和稳定感。在这个环境中，人们可以放松身心，释放压力，获得内心的平静和安宁，使其更加从容地面对外界的挑战和变化。

家的概念不仅是实体的构造与环境，还是精神的寄托与承载。

也许，在人们的心目中，家是一栋实体的建筑，其原始不过是石、砖、三合土的堆砌，在现代则是钢筋加水泥及各种建筑材料的排列组合，用以供人遮蔽风雨。在农村的家，或许是指一所住宅，那里有一口井、一片饲育家禽的场地和几株桃李柿枣之类的树。可是，家的概念不仅是实体的构造与环境，还是精神的寄托与承载。正如林语堂所言：“一架屋顶并非单纯为蔽御烈阳风雨的一架屋顶，却是足以影响吾们对于家庭的概念的一种东西。一扇门并非仅仅供人出入，它却引导吾们跨入人类家庭生活之奥秘的锁钥。”[1]

[1]《吾国与吾民》，林语堂著，黄嘉德译，湖南文艺出版社，2017年6月第1版，第612页。

来吧，让我们走进这扇家门，与家人共建共享家庭文明，共同开启属于我们美好幸福的家庭生活吧！

第六节 弘扬优秀家文化

中华民族优秀传统家文化是中华民族在长期历史发展过程中形成的、具有深厚底蕴的家庭伦理道德和行为规范。它强调家庭和睦、亲情纽带、尊老爱幼、勤俭持家等核心价值观念，体现了中华民族的传统美德和优秀品质。这种家文化对于促进家庭和谐稳定、社会文明进步具有重要意义。弘扬中华民族优秀传统家文化是一项重要而深远的任务。

一、认识传统家文化的内涵

明朝有一位上能规谏君王、改革朝政，下能廉洁奉公、勤政爱民的贤臣——夏原吉。他是湖南湘阴人，出身寒苦，学富五车，官至户部主事、尚书。一生励精图治，惩办奸商贪官，力斩权臣，为国为民鞠躬尽瘁。其过人胆识、忠义品格和廉政思想堪称古今典范。夏原吉在朝廷为官，家人依旧过着平常、俭朴的日子，从不铺张浪费、爱慕虚荣。家里种了田地，瓜果蔬菜吃不完，母亲便挑到集市卖掉，换点油盐钱。有次回乡探亲，正逢岳父郑老先生寿诞。郑老先生门生众多，女婿又在朝廷做官，寿诞的日期还没到，前来结交、捧场的人就已应接不暇了，就连县府也敲锣打鼓送来了贺礼。郑老先生便和女儿女婿出门躲生。临行前，县府和门生、乡邻们送来的礼物礼金都被原样退了回去。[1]

中华民族优秀传统家文化，具体来说，包括以下几个方面：一是家庭和睦与和谐。家庭被视为社会的细胞，家庭和睦与和谐是社会稳定和繁荣的基础。“礼之用，和为贵。”意即礼的功用，以遇事做得和顺为可贵。中华民族优秀传统家文化强调家庭成员之间的相互尊重、理解、包容和支持，追求家庭内部的和谐与平衡。二是亲情纽带与孝道。亲情是中华民族优秀传统家文化的核心。家庭成员之间通过血缘关系建立起的深

[1] 杜华《一代廉臣夏原吉》，《岳阳日报》，2024年8月4日第2版。

厚情感纽带，使得家庭成为个体情感上的归宿和寄托。“弟子入则孝，出则弟。”意思是小孩子在父母跟前要孝顺，出外要敬爱师长。孝道作为中华民族的传统美德之一，强调尊敬长辈、孝顺父母，体现了对长辈的敬重和感恩之情。三是尊老爱幼与家庭责任。尊老爱幼是中华民族优秀传统家文化的重要体现。家庭成员之间应该相互关心、照顾和支持，特别是对老年人和未成年人的关爱更是重中之重。家庭责任也是中华民族优秀传统家文化的重要组成部分，每个家庭成员都应该承担起自己的家庭责任和义务。四是勤俭持家与家庭教育。勤俭持家是中华民族优秀传统家文化的重要特征之一。家庭成员应该注重节约、勤劳和自律，努力创造和积累家庭财富。家庭教育也是中华民族优秀传统家文化的重要组成部分，家长应该通过言传身教等方式，向子女传授道德观念、行为准则、价值取向等方面的知识和经验。五是家庭观念与家族荣誉感。在中国传统文化中，家庭是最基本、最重要的社会单位。家庭成员之间的关系非常紧密，共同维护家庭的和谐与繁荣。家族荣誉感也是中华民族优秀传统家文化的重要体现之一，家族成员应该共同努力、追求卓越，为家族的荣誉和地位而奋斗。

我们要充分认识中华民族优秀传统家文化包括物质文化、

制度文化和精神文化等多个方面，这些方面相互交织，共同构成了家文化的多元性和丰富多彩。家文化中的精神文化，如家规家训、家风家法、道德情操等，是家文化的核心，体现了中华民族的传统美德和价值观。

二、重视家庭教育的作用

英国有一句谚语："金钱是魔鬼的诱饵。"和珅，清朝乾隆年间的权臣和巨贪，他的故事便是金钱如何成为"魔鬼的诱饵"的生动写照。和珅原本出身于一个普通官宦家庭，通过自身的努力和皇帝的宠信，逐渐位极人臣，势焰熏天。然而，随着权力的增长，和珅对金钱的欲望也日益膨胀，他利用职务之便大肆敛财，积累了巨额财富。他虽然对家人有一定的照顾，但这种照顾往往建立在金钱和权力的基础上，而非纯粹的亲情。和珅的亲属也因其权势和财富而享受到了荣华富贵，但这种享受背后却隐藏着巨大的危机。随着和珅的贪污行为被揭露，整个家族也陷入了前所未有的困境，最终落得个家破人亡的下场。

金钱常常成为人们软弱的根由。静下心来想一下，你是否正被金钱所诱惑？甚至让自己渐失理智？重新检视自己对金钱的态家庭教育十分重要。我们从奥运健儿的身上看到了家庭教育的巨大作用。

度，以免掉入可怕的恶念中。

家庭教育十分重要。我们从奥运健儿的身上看到了家庭教育的巨大作用。中国香港击剑运动员、2024年巴黎奥运会女子重剑冠军江旻憓小时候尝试过多种兴趣，溜冰、芭蕾、钢琴、跆拳道、田径……父母给了她很多选择，却从不干涉她的选择，11岁时她最终爱上击剑这项“格斗中的芭蕾”，坚持刻苦顽强地训练，并得到父母的全力支持，一步步走上冠军领奖台。中国湖北21岁的网球运动员郑钦文，在2024年巴黎奥运会上斩获中国在奥运会上首枚网球女单金牌，其背后有个“残酷”的家庭。父亲郑建坪被称为“虎爸”，在女儿尝试了羽毛球和乒乓球后，最终为其选择了网球。他频繁为女儿更换更合适的教练，可谓用心良苦。为了使女儿努力训练和打好比赛，他投入了大量的金钱、时间和精力，可谓目标明确且全力以赴。而女儿郑钦文在严父的影响下，更以钢铁般的意志，永不言败的精神，终获成功。

家庭教育要从胎教开始，注重早期教育，为子女的成长打下坚实的基础，如贾谊在《新书·胎教》中提到的“正本慎始”的胎教之道。提倡以正面、正确的内容和方法进行教育，如《易经·蒙卦》中所说的“蒙以养正，圣功也”。注重思想政治课建设，把行为规范和道德品质的教育放在首位，强调“忠孝传世”等家庭教育的核心理念。

三、强化家文化的价值

保罗说：“因为我们没有带什么到世上来，也不能带什么去。只要有衣有食，就当知足。”有一个老先生逢人就说他是最富有的人。这番话引来了税务部门的注意，就派人去调查他。税务员问道：“请问你有多少财产？”老人说：“我有健康的身体。”税务员问：“除了健康以外，你还有什么财产？”老人答道：“我还有一个贤惠的妻子。”税务员纳闷地问：“除此以外呢？”老人兴奋地说：“我还有几个孝顺、聪明、健壮的儿女。”税务员不满地说：“除此以外，你有没有任何房地产？银行有多少存款？”老人快乐地说：“除了我前面所说的财产外，我什么也没有。”（《富有的老人》）[1]什么是你生命中最宝贵的财产？是金钱、名利、家庭幸福、健康的身体？仔细地思想一下，直至你知道如何珍惜生命中最宝贵的财产。

2008年汶川地震发生后，一位名叫李杨的父亲，用手刨了十几个小时，终于从废墟中救出了女儿李佳芹。

当时，李杨赶到女儿学校，看到教学楼已化为废墟。他不顾旁人的劝阻，拒绝使用工具，担心会伤到女儿，徒手搬动碎墙块，大声呼喊着女儿的名字。即使双手被划破，他也没有停止，一刻不停地挖掘着。

在挖掘了十几个小时后，他终于听到了女儿微弱的声音。循着声音，他挖出一个小洞，看到了女儿的眼睛。随后他加快动作，成功将女儿救出。救出女儿后，他背着腿部受伤的女儿走向安全的地方。

有位记者拍下了他背着女儿的温情一幕，定格了汶川地震中这一感人的时刻。如今，李杨一家住进了三室一厅的新家，幸福地生活着。而女儿李佳芹选择了医学专业，成为一名“白衣天使”，她想用自己的努力挽救更多病人的生命。

[1]《点灯的心：小故事中的大智慧与简单人生真理》，魏悌香著，中华工商联合出版社，2001年4月第1版，第122—123页。

唐 吴道子 《先师孔子行教像》

在那场巨大的灾难中，还有许多类似的家庭救援故事，展现了亲情的伟大和人们顽强的求生精神。这些故事令人动容，也见证了人性的光辉和亲情的力量。

一个家庭里每个人都是修行者，妈妈修的是“退出”，爸爸修的是“归位”，孩子修的是“独立”，每个人修的都是一路成长的自己。

有人说：“一个家庭里每个人都是修行者，妈妈修的是‘退出’，爸爸修的是‘归位’，孩子修的是‘独立’，每个人修的都是一路成长的自己。会爱才是真爱，真爱需要学习！”我们每位家庭成员都要加强自身的学习，不断提高全民素养，以适应经济社会的需要。要充分认识家文化在现代化进程中的重要意义和作用，使其成为支撑中国式现代化的精神底蕴，促进家庭和谐、社会稳定。在传承家文化的同时，注重与现代社会的结合，创新家文化的传播方式和内容，使其紧贴时代，更具活力。

四、加强家文化建设

谢觉哉（1884—1971）是“延安五老”之一，著名的法学家和教育家、人民司法制度的奠基者，是较早参加中国共产党的老一辈革命家。他15岁在老家湖南宁乡结婚，第一位夫人叫何敦秀，比他长近5岁。他们生活在一起的头15年中，共同生育了四男三女。1937年在甘肃兰州，为了抗日统战工作，组织上安排王定国与他结婚，在他们相伴的34年，共育有五男二女。谢老是清朝科举的“末代秀才”，诗词文章四乡闻名，而两段婚姻的夫人并不是什么“才女”，第二位夫人王定国甚至还是文盲，晚年却成为有名的书画社会活动家。

他的儿子谢飞是著名的电影导演、编剧、制片人。谢飞潜心整理编选了《谢觉哉家书（增订本）》，共收入其父谢觉哉从20世纪20年代到20世纪60年代的118封家书，纵贯近半个世纪，有写给何敦秀夫人、儿女及家乡亲人的，也有写给王定国夫人及儿女的，还有写给家乡干部及友人的，集亲情、乡情于一体，从一个家庭的变迁映射出时代的变动与革新。谢飞在《读懂父亲》一文中写道：“仔细阅读父亲半个世纪中给两位夫人的通信，我具体地感知了百年来中国人生活形式与制度的复杂存在与变迁，更感受到中国人几千年的‘相敬如宾、珍惜亲情’的美好民族传统。”“夫妻的亲情是家庭的基础，感情与责任并重，包容与坚持相伴，付出与获得双赢。从书信中，我们后辈可以了解与学习到许多人生的经验与道理。”“生而有养，养而有教，是为父母之道。”[1]无论是写给自家亲人还是写给家乡干部群众的书信，都显示了谢觉哉等老一辈无产阶级革命家实事求是、清廉正派的风范，是具有家庭与社会教育意义的宝贵精神财富。

谢老的书信通俗易懂、明白晓畅、平实如话，例如他在多封信中提及：“吃饭莫饱，走路莫跑，说话要少，睡觉要早，遇事莫恼，经常洗澡。”这确实是他养生的经验之谈，至今对我们仍有参考价值。每封家书，如拉家常，每每读来，受益匪浅，深感他处世应变的睿智、风趣幽默的才华、谦虚豁达的作风。

我们要通过媒体宣传、文艺作品等形式，广泛传播和弘扬优秀家庭美德，如孝顺、诚信、友爱等。总结和推广成功的家庭教育经验，为广大家庭提供有益的借鉴和参考。加强对家文化的

[1]《谢觉哉家书（增订本）》，谢觉哉著，谢飞编选，生活书店出版有限公司，2024年4月第1版，《序》第6页。

研究和探索，挖掘家文化的深层次内涵和价值，为家文化建设提供理论支持。

加强对家文化的研究和探索，挖掘家文化的深层次内涵和价值，为家文化建设提供理论支持。

五、推动中国家文化的国际传播

孔子学院作为推广汉语和传播中国文化的重要平台，目前已达500多所，其数量在全球范围内的增长反映了国际社会对汉语和中国文化的兴趣和需求。孔子学院不仅提供汉语教学服务，还通过举办各类文化活动、学术讲座等形式，促进了中外文化的交流互鉴。

孔子学院通过汉语教学，使学习者在掌握语言技能的同时，深入了解中国文化的内涵，包括家庭观念、家庭伦理等优秀家文化元素。在汉语教学过程中，教师可以通过讲述与家庭相关的成语、俗语、故事等，引导学生理解中国家庭的价值观和行为规范。孔子学院定期举办各类文化活动，如中国文化节、书法展、茶艺表演、传统节日庆祝活动等，这些活动往往蕴含着丰富的家文化元素。例如，在春节期间举办的庆祝活动，可以介绍中国春节的家庭团聚习俗、拜年礼仪等，让外国友人感受到中国家庭的温馨与和谐。孔子学院还邀请中国学者和专家进行学术讲座和研讨，探讨中国家庭文化的历史渊源、现代意义及未来发展趋势等。这些学术交流活动有助于增进外国学者对中国家文化的理解和研究，推动中国家文化的国际传播。

中国将更好发挥北京作为历史古都和全国文化中心的优势，加强同全球各地的文化交流，共同推动文化繁荣发展、文化遗产保护、文明交流互鉴，践行全球文明倡议，为推动构建人类命运共同体注入深厚持久的文化力量。

2023年9月14日，国家主席习近平向2023北京文化论坛致贺信：“中国将更好发挥北京作为历史古都和全国文化中心的优势，加强同全球各地的文化交流，共同推动文化繁荣发展、文化遗产保护、文明交流互鉴，践行全球文明倡议，为推动构建人类命运共同体注入深厚持久的文化力量。”中国社会科学院荣誉学部委员、国家非物质文化遗产保护工作专家委员会副主任委员刘魁立说：“目前，我国共有43个项目列入联合国教科文组织非物质文化遗产名录、名册，居世界第一。”他表示，要向世界阐释推介更多具有中国特色、体现中国精神、蕴藏中国智慧的优秀文化，其中也包含中华优秀家文化的内容，让“活起来”的非遗讲好中华优秀传统文化故事，推动中华文化更好走向世界。

总之，在国际交流中，我们要积极展示中华优秀家文化的独特魅力和价值，增强中华文化的国际影响力。在弘扬中华优秀家文化的同时，也要学习借鉴其他国家的优秀家文化，促进家文化的多样性和繁荣发展。

营造好家庭

第二编

新时代家庭建设的目标和要求

中国式现代化语境下家庭建设目标具有特殊的重要性和紧迫性。家庭作为社会的基本细胞，其和谐稳定与健康发展对于整个社会的繁荣与进步起着至关重要的作用。在中国式现代化的进程中，家庭建设目标不仅关系到每个家庭的幸福与安宁，更与国家的长远发展紧密相连。随着社会的快速发展和变革，家庭结构、家庭功能以及家庭关系都在发生深刻变化。为了适应这些变化并推动家庭的健康发展，我们需要加强家庭建设，明确家庭建设目标并采取切实有效的措施。只有这样，我们才能在新时代背景下实现家庭建设目标，为国家的长远发展奠定坚实基础。

第一节 中国式现代化语境中的家庭建设目标

随着经济的快速发展和社会结构的变革，中国式现代化给家庭带来了前所未有的机遇和挑战。家庭作为社会的基本单元，其建设目标也呈现出新的内涵和要求。

中国式现代化的背景是多方面的，包括经济、社会和文化等方面的深刻变化。

在经济方面，中国古代农耕文明长期领先于世界，为现代化提供了自信的历史依据。同时，近代以来，中国被迫开启工业化进程，新时代又实现全面建成小康社会的伟大胜利，这些都是走向现代化、建设现代化国家的关键点。这些经济发展历程为中国式现代化的提出奠定了关键基础。

在社会方面，随着社会的发展和进步，家庭结构和家庭关系也发生了显著变化。例如，随着城市化进程的加速和人口结构的变化，传统的大家庭逐渐转变为小家庭，甚至核心家庭。此外，随着社会观念的开放和多元化，家庭成员之间的关系也变得更加平等和自由。

随着城市化进程的加速和人口结构的变化，传统的大家庭逐渐转变为小家庭，甚至核心家庭。此外，随着社会观念的开放和多元化，家庭成员之间的关系也变得更加平等和自由。

在文化方面，中国传统文化中包容并蓄的精神，以及独特的衣食住行、生老病死等社会生活习俗体系，都为中国式现代化的提出提供了深厚的文化底蕴。

中国式现代化的背景是复杂而多元并充满着变化的。这就对家庭结构和家庭关系产生了深远的影响，推动了中国式现代化的形成和发展。随着经济的腾飞、社会的转型和文化的繁荣，我们的家庭结构和家庭关系也面临着前所未有的变革。这些变革不仅挑战着传统的家庭观念，也呼唤着对家庭建设目标的新理解和新实践。

那么，在中国式现代化语境下，我们如何准确地理解和有效地实现家庭建设目标？这不仅是一个理论问题，更是一个实践问题。我们需要深入探讨，如何在保持家庭温馨、和谐的基础上，让家庭成为个人成长的重要支撑，成为社会发展的稳定基石，成为文化传承的重要载体。为此，我们需要从多个角度去探讨和实践，让家庭成为我们实现个人价值、推动社会进步、传承文化传统的坚实阵地。

一、中国式现代化的特点及其对家庭的影响

在人类历史的长河中，中国的现代化之路有着独特的印记和特点。中国式现代化是中国共产党领导的社会主义现代化，它不仅有各国现代化的共同特征，更有基于自己国情的中国特色。想象一下，一个拥有十四亿多人口的大国，在追求现代化的道路上，既要保证经济的快速增长，又要维护社会的和谐稳定，这本身就是一项巨大的挑战。但中国人做到了，我们用自己的智慧和勇气，走出了一条适合自己的现代化道路。

（一）中国式现代化的特点

人口规模巨大的现代化。这意味着在中国，现代化的进程必须考虑到庞大的人口基数。比如，在城市规划中，要考虑到人口的密集程度；在教育资源分配上，要确保每个孩子都有受教育的机会；在医疗保障方面，要努力让每个人都享受到优质的医疗服务。这些考虑都体现了中国式现代化对人口因素的重视。

全体人民共同富裕的现代化。在中国，共同富裕不是一句口号，而是实实在在的目标。政府通过各种政策手段，努力缩小贫富差距，提高人民的生活水平。这种追求共同富裕的理念，使得每个家庭都能分享到社会发展的成果。

物质文明和精神文明相协调的现代化。中国不仅注重经济的发展，也注重文化的传承和创新。各种艺术表演等文化活动在社区中广泛开展，满足了人们日益增长的精神文化需求。这种协调发展，让家庭既有了物质的富足，也有了精神的滋养。

人与自然和谐共生的现代化。在中国，环保理念深入人心。无论是城市的公园还是乡村的田野，都能看到人们对环境的重视和爱护。这种环保理念也影响了每一个家庭，让他们更加注重可持续发展。

走和平发展道路的现代化。中国始终坚持和平发展的外交政策，致力于构建人类命运共同体。这种和平发展的理念，为家庭的安宁和稳定提供了有力的保障。

（二）中国式现代化对家庭的影响

中国式现代化对家庭生活的实际影响是深远而广泛的。2022年播出了一部现实题材剧《人世间》，该剧以中国北方城市里一个平民社区“光字片”周家三兄妹的生活轨迹为故事脉络，描写了中国社会的巨大变迁和百姓生活的跌宕起伏，呈现了一部生活史诗。

剧中可以看到50年中周家生活现代化水平有了显著的提高。首先，从厨卫设备的角度看，他们家庭拥有了冰箱、油烟机、微波炉等现代化的厨房设备，卫生设备如洗衣机和热水器等。这些变化使得家庭成员的生活更加便捷和舒适。

此外，通信设备的普及也极大地改变了这个家庭的生产和生活方式。固定电话和手机的使用，让家庭成员能够随时与外界保持联系，提高了生活效率和信息交流的速度。现代文化娱乐设施如计算机、影碟机、摄像机等的拥有量也在不断增加，丰富了家庭成员的业余生活和文化享受。

在交通出行方面，这个家庭也紧跟时代步伐，传统的自行车逐渐被摩托车、汽车所取代。这不仅使家庭成员出行更加便捷，也反映了家庭成员生活水平的提升和对更高品质生活的追求。

同时，居住环境的变化也体现了中国式现代化对家庭生活的影响。随着城市化进程的推进，这个家庭的住房条件得到了极大的改善，人均拥有住房面积显著增加，生活质量得到了进一步提升。

通过周家三兄妹的生活轨迹可以看出，中国式现代化不仅推动了家庭经济水平和社会地位的提升，更在生活方式、生活环境、文化交流等多个方面为家庭生活带来了实质性的改变和进步。中国式现代化是一场深刻的社会变革，它深刻地影响了每一个家庭。在未来的日子里，我们期待看到更多的家庭在中国式现代化的道路上越走越宽广，过上更加美好幸福的生活。

二、家庭建设目标的内涵与重要性

（一）家庭建设目标的内涵

当我们谈论家庭建设目标时，我们实际上是在勾画一幅关于家庭和睦、家庭幸福、家庭教育、家庭责任的宏伟蓝图。这些目标不仅是每个家庭所追求的，也是构建健康社会的重要基石。家庭和睦、家庭幸福、家庭教育、家庭责任，就构成了我们家庭建设的目标。

家庭和睦。和睦的家庭如同一个精心调配的交响乐团，每个家庭成员都是这个乐团中的一个演奏家。在这个乐团中，每个演奏家都扮演着不可或缺的角色，他们相互协作，共同演奏出和谐美妙的乐章。一个和睦的家庭，成员间彼此尊重、理解和支持，他们共同面对生活的挑战，分享彼此的快乐与悲伤。

和睦的家庭如同一个精心调配的交响乐团，每个家庭成员都是这个乐团中的一个演奏家。

家庭幸福。幸福家庭就像一座温馨的港湾，它给予每个家庭成员归属感和安全感。在这个港湾里，每个成员都能找到心灵的慰藉和力量的源泉。一个幸福的家庭，注重营造轻松愉快的氛围，让成员们在繁忙的生活中找到宁静和满足。

家庭教育。家庭如同播种耕耘的田野，父母是辛勤的农夫，孩子则是这片田野上的幼苗。父母通过言传身教，为孩子播下知识的种子，用关爱和耐心浇灌他们成长。良好的家庭教育有助于孩子形成健全的人格和正确的价值观，为他们未来的人生道路奠定坚实的基础。我们身边不乏这样的家庭：父母非常重视孩子的教育，不仅关注孩子的学习成绩，更注重培养孩子的品德和综合素质。他们经常与孩子沟通交流，引导孩子独立思考和解决问题。在父母的悉心教育下，孩子们都品学兼优。

家庭责任。家庭责任就像一座稳固的桥梁，它连接着每个家庭成员的心。在家庭中，每个成员都要承担起自己的责任和义务，共同维护家庭的和谐与稳定。家庭责任包括照顾家人、关心家庭事务、参与家庭决策等方面。当父母年迈体弱时，孩子们主动承担起照顾父母的责任。他们不仅关心父母的身体健康和心理需求，还积极参与家庭事务的决策和管理。这种家庭责任感的传承让孩子们更加成熟和懂事，也让他们更加珍惜和感恩家庭给予他们的爱和支持。

（二）家庭建设目标在现代社会中的重要性

在飞速发展的现代社会中，家庭建设目标的重要性日益凸显，它像一盏明灯，指引着每个家庭前行的方向，不仅关乎着每个家庭成员的成长和幸福，更对社会的和谐稳定与文化的传承发展起着至关重要的作用。

对个人成长的作用。获得《中国诗词大会》第二季总冠军并创造了《中国诗词大会》有史以来最高分的武亦姝同学，出身在一个书香家庭。爸爸是律师，妈妈是老师，闲暇之余，一家人最大的乐趣就是读书，武亦姝在这样的氛围下，自然对文学产生浓厚的兴趣，在别的孩子还在看漫画时，她则沉迷在书法和诗词中，把陆游、苏轼、李白作为自己“三大偶像”。由此可见，家庭是个人成长的摇篮，一个健康、和谐的家庭环境能为个人成长提供坚实的基础。在这里，我们学会走路、说话，形成最初的人生观和价值观。一个注重家庭建设的家庭，会给予孩子足够的关爱和教育，让他们在温馨和睦的氛围中茁壮成长。

对社会和谐的作用。家庭是社会的基本细胞，家庭和谐是社会和谐的基础。一个注重家庭建设的家庭，能够培养出具有责任感、感恩心和社会公德心的家庭成员，他们在社会中能够积极参与公益活动、传播正能量，为社会的和谐稳定贡献力量。湖南省汝城县土桥镇的村民何利群，丈夫周家训是离职老村干部，夫妻俩育有二子，如今儿孙满堂，一家上下十口人，四世同堂，是远近闻名的和美家庭，广受乡亲们赞誉。何利群从小教育子孙要独立自主、热爱生活，遵循“戒赌博、戒懒惰、睦乡邻、尊师长”的家训做人做事。一直以来，何利群家庭热衷于公益，乐于助人。2007年大儿子周建军拆旧房建新房，出资硬化周边几条巷道，极大地方便了左邻右舍进进出出；2014年村里建设小广场，周建军捐款1万多元。何利群家庭还经常照顾本村的几个“五保户”，在帮助他人中寻找快乐。

对文化传承的作用。家庭是文化传承的重要载体，家庭建设目标的落实有助于传承和弘扬中华优秀传统文化。在家庭中，我们学习礼仪、孝道、诚信等传统美德，这些美德成为我们立身处世的基石。同时，家庭也是我们传承民族文化、地域文化和家族文化的重要场所。在湖北省大冶市有个闻名的“刺绣”家庭——刘小红家庭，在刘小红的带领下，自己的子女先后加入大冶刺绣非遗传承的队伍，一家人不遗余力地践行着非遗传承使命，让大冶刺绣焕发出新的勃勃生机。刘小红出生于阳新县白沙镇，父亲是教师，小时候经常带着她去户外写生，为她打下了坚实的美术基础。奶奶是远近闻名的刺绣高手，常被嫁女或得子的人家请去绣衣服和装饰品。耳濡目染，刘小红渐渐爱上了刺绣。在刘小红的影响下，儿子彭涛和女儿彭肖肖也相继加入非遗传承，成为传统文化的传承者和弘扬者。

家庭建设目标在现代社会中的重要性不言而喻。它关乎着每个家庭成员的成长和幸福，更对社会的和谐稳定与文化的传承发展起着至关重要的作用。

（三）家庭建设目标在新时代背景下的新内涵和新要求

在新时代的浪潮中，中国式现代化正以其独特的步伐和风貌，引领着社会的前进步伐。而在这股浪潮中，家庭建设目标也迎来了新的内涵和要求，它们如同璀璨的明珠，镶嵌在现代化的织锦上，闪烁着时代的光芒。

家庭和睦的新内涵——和谐共生的家庭生态。

在中国式现代化的语境下，家庭和睦不再仅仅是简单的和谐共处，而是向着更高层次的和谐共生迈进。想象一下，每个家庭都如同一个生态系统，每个成员都是这个系统中的重要组成部分。在这个生态系统中，父母和子女、夫妻之间，如同共生的植物和动物，相互依存、相互促进。他们共同营造出一个充满爱与理解的家庭氛围，让每个成员都能在其中茁壮成长。

每个家庭都如同一个生态系统，每个成员都是这个系统中的重要组成部分。在这个生态系统中，父母和子女、夫妻之间，如同共生的植物和动物，相互依存、相互促进。他们共同营造出一个充满爱与理解的家庭氛围，让每个成员都能在其中茁壮成长。

一个家庭中总是充满欢声笑语。父亲是个幽默风趣的人，总是能逗得全家人开怀大笑；母亲则是个温柔体贴的人，总是能细心照顾到每个人的感受。他们的孩子在这样的家庭氛围中长大，不仅学会了爱与关心，还学会了如何与人相处、如何面对生活中的挑战。

家庭幸福的新要求——幸福生活的多元化追求。

随着中国式现代化的推进，家庭幸福的追求也在不断变化。传统的幸福观念逐渐与现代生活相融合，形成了多元化、个性化的追求。与传统家庭相比，现代家庭更加注重物质和精神的双重满足，追求高品质的生活体验和精神享受。

现代家庭生活充满了丰富多彩的元素。他们喜欢旅行，探索世界各地的风土人情；他们热爱运动，享受运动带来的健康和快乐；他们还热衷于艺术和文化活动，经常参加各种展览和演出。这种多元化的生活方式让家庭的每个成员都感受到了生活的美好和幸福。

家庭教育的新内涵——全面育人的教育理念。

在中国式现代化的新时代背景下，家庭教育也迎来了新的内涵和要求。传统的教育观念逐渐转向全面育人的教育理念，注重培养孩子的综合素质和创新能力。与传统家庭相比，现代家庭更加注重孩子的个性发展和兴趣培养，为他们提供更加广阔的学习和发展空间。

现代家庭的父母非常重视孩子的教育。他们不仅关注孩子的学习成绩，更注重培养孩子的综合素质和创新能力。他们鼓励孩子参加各种兴趣班和社团活动，让孩子在实践中学习和成长。同时，他们还注重培养孩子的独立思考和解决问题的能力，让孩子在未来的人生道路上更加自信和坚定。

家庭责任的新要求——社会责任的担当与传承。

在中国式现代化的新时代背景下，家庭责任也被赋予了新的要求。现代家庭不仅要承担起家庭内部的责任和义务，还要传承社会责任的担当精神。

父母与孩子一起参加各种公益活动和社会实践。他们教育孩子要关心社会、关爱他人，用自己的力量为社会作出贡献。在他们的影响下，孩子们也积极参与到各种公益活动中来，用自己的实际行动传递着爱心和正能量。这种社会责任的担当与传承让孩子成为社会上的楷模和榜样。

中国式现代化的新时代背景下家庭建设目标的新内涵和新要求如同璀璨的明珠般闪耀着时代的光芒。它们不仅体现了现代家庭的追求和理想，也为我们指明了前进的方向和目标。

三、实现家庭建设目标的路径与方法

（一）实现家庭建设目标的基本路径

在实现家庭建设目标的过程中，我们需要制定一套清晰且可行的基本路径。

加强家庭教育——

树立正确的教育理念。家长应树立全面发展的教育理念，注重培养孩子的品德、智力、体魄、美育和劳动教育，使孩子成为具有社会责任感、创新精神和实践能力的新时代人才。

营造良好的学习环境。为孩子提供丰富的学习资源和良好的学习环境，鼓励孩子自主学习、探究学习，激发孩子的学习兴趣和创新精神。

加强亲子沟通。家长应多与孩子沟通交流，了解孩子的需求和想法，给予孩子足够的关爱和支持，建立亲密的亲子关系。

促进家庭和谐——

尊重与理解。在家庭中，每个成员都应该受到尊重和理解。夫妻之间应相互扶持、共同进步，父母应理解孩子的成长烦恼和需要，孩子也应尊重父母的辛勤付出。

共同参与家庭活动。组织家庭成员共同参与各种活动，如旅游、聚餐、看电影等，增进家庭成员之间的了解和感情，促进家庭和谐。

建立家庭规则。制定并遵守家庭规则，明确家庭成员的权利和义务，形成良好的家庭秩序和氛围。

履行家庭责任——

经济责任。家庭成员应共同承担家庭的经济责任，努力工作、勤劳致富，为家庭的幸福生活提供物质保障。

教育责任。父母应肩负起教育子女的责任，关注孩子的成长和发展，为孩子提供良好的教育环境和资源。

社会责任。家庭成员应具备公民意识和社会责任感，积极参与社会公益活动，为社会的发展和进步贡献自己的力量。

文化传承责任。家庭是文化传承的重要场所，家庭成员应共同传承和弘扬中华优秀传统文化，培养爱国主义精神，树立正确的世界观、人生观和价值观。

通过这些路径，我们可以逐步实现家庭建设目标，打造出一个和谐、幸福、美满的家庭。同时，我们也应意识到家庭建设是一个长期的过程，需要家庭成员持之以恒共同努力。

（二）实现家庭建设目标的具体方法

我们可以更具体地探讨实现家庭建设目标的方法。比如开展亲子活动、建立家庭规矩和传承家庭文化等。

定期开展亲子活动。如户外探险、烹饪比赛、阅读分享会等，以增强亲子间的互动和感情。在一个微风和煦的周末，带上一家人去郊外徒步。一路上，欣赏着美丽的自然风光，分享着彼此的发现和感受。在徒步过程中，孩子不小心摔倒了，但他没有哭泣，而是坚强地站了起来。爸爸妈妈鼓励着他："你是个勇敢的孩子，跌倒了就要勇敢地站起来。"这样的户外活动不仅锻炼了家庭成员的身体，还增进了亲子之间的默契和信任。

建立明确的家庭规矩。规矩可以包括作息时间、家务分工、上网时间等方面。比如，设立一个"家务日"的规定，每周六的上午，家里的每个成员都会参与家务劳动，如扫地、擦窗户、洗衣服等。小孩负责整理房间，妈妈负责做饭，爸爸则负责修理家里的小物件。在劳动的过程中，他们互相帮助、互相鼓励。这个规矩不仅让家里变得干净整洁，还培养了小孩的责任感和团队合作精神。

传承优秀的家庭文化。通过讲述家族故事、传承家风家训、参与传统节日等方式，让家庭成员了解并传承家庭文化。利用端午节让一家人围坐在一起包粽子。大人边包粽子边讲述着家族中关于端午节的故事和习俗，以及开展关于诚信、勤劳和友善等话题的探讨，不仅让小孩品尝到了美味的粽子，还让其更加深入地了解了家族文化和家风家训。

实现家庭建设目标并不需要复杂的步骤或高昂的成本。只要我们用心去做，从日常生活中的点滴小事做起，就能够营造一种和谐、幸福、美满的家庭氛围。

实现家庭建设目标并不需要复杂的步骤或高昂的成本。只要我们用心去做，从日常生活中的点滴小事做起，就能够营造一种和谐、幸福、美满的家庭氛围。

（三）家庭建设中可能遇到的挑战和困难

在实现家庭建设目标的过程中，不同家庭可能会遇到各种挑战和困难。这些挑战可能源于家庭成员之间的关系、外部环境的压力、个人能力的限制等多个方面。

家庭成员之间沟通不畅。家庭成员之间缺乏有效的沟通，导致误解、隔阂甚至冲突。这可能是由性格差异、忙碌的生活节奏、缺乏共同话题等原因造成的。这个时候我们可以定期组织家庭会议，设定一个固定的时间，每周或每月召开一次家庭会议，让每个人都有机会表达自己的想法和感受；倾听与尊重，鼓励家庭成员之间积极倾听，尊重彼此的意见和感受，避免打断或轻视他人的观点；共同活动，组织一些家庭共同活动，如户外探险、烹饪比赛等，增进彼此的了解和感情。

家庭经济压力。家庭经济压力可能会影响到家庭成员的生活质量，甚至导致家庭矛盾。这可能是由失业、疾病、教育支出等原因造成的。面对这一挑战时，家庭需要合理规划，制订一个家庭财务计划，明确收入和支出，避免浪费；也需要增加收入，通过寻找额外的收入来源，如兼职、创业等增加收入。更重要的是要共同应对，家庭成员之间应共同面对经济压力，相互支持，避免将压力转嫁给他人。

孩子教育问题。孩子的教育问题是许多家庭面临的重大挑战，包括学习成绩、兴趣爱好、心理健康等方面。而这最重要的是关注孩子需求，了解孩子的兴趣和需求，为他们提供适合的教育资源和环境。在此基础上，建立良好家师关系很重要，要与老师保持密切联系，了解孩子在学校的情况，共同制订教育计划。尤其不可忽视的是要关注孩子的心理健康，给孩子提供必要的支持和帮助，避免其过度焦虑和压力过大。

家庭关系复杂。在一些家庭中，可能存在复杂的家庭关系，如婆媳矛盾、兄弟姐妹之间的纷争等。解决这一问题，要先确保中立调解，寻求中立的人或机构进行调解，帮助家庭成员解决矛盾。然后建立明确界线，明确家庭成员之间的责任和义务，避免不必要的纷争。最后增加相互理解，通过沟通和交流，增进家庭成员之间的理解和信任，减少误解和隔阂。

时间管理困难。家庭成员可能因工作、学习等原因面临时间管理困难，无法兼顾家庭和个人需求。这就需要我们为家庭成员制定一个明确的时间表，包括工作、学习、休息和家庭活动等，并对此进行优先排序，明确家庭成员的优先事项，确保重要任务得到优先处理。同时做到灵活调整，根据实际情况灵活调整时间表，以适应家庭成员的需求和变化。

面对困难，通过积极沟通和合作，我们可以找到解决问题的途径和方法。

第二节 新时代家庭建设的新特点新要求

在生活的舞台上，家庭总是扮演着最温馨、最动人的角色。然而，随着新时代的钟声敲响，这个“老戏骨”也迎来了它的“新剧本”。接下来，我们聊聊新时代家庭建设的“新特点”和“新要求”，给这“老戏骨”加点“新调料”。

想象一下，如果家庭是一部电视剧，那么传统家庭就是一部经典老剧，温馨、稳定，但剧情有些老套。而新时代家庭呢？那是不是就是一部时兴的热播剧呢，剧情跌宕起伏，让人捉摸不透，但又忍不住想一探究竟。

一、新时代家庭建设的新特点

在浩渺的宇宙中，地球如同一个微小的蓝点，而在这颗星球上，无数的家庭构成了五彩斑斓的社会画卷。“家庭”，这个看似简单的词语，却承载着人类最深沉的情感和最坚实的依托。无论世事如何变迁，家庭的生活依托始终是无可替代的。无论外面的世界如何变化，家始终是我们心中最温馨的港湾。

（一）家庭的生活依托不可替代

家庭的生活依托，那份独特的情感纽带和归属感，是任何东西都无法替代的。

家的温暖，是心灵的避风港。在喧嚣的城市中，有无数个忙碌的上班族。每天，他们都要面对繁重的工作和复杂的人际关系。然而，每当拖着疲惫的身体回到家中，看到爱人温暖的笑容和孩子们欢快的身影时，所有的疲惫都烟消云散了。家，就像是一个避风港，无论外面有多少风雨，它都能给人带来无尽的温暖和安慰。

家的力量，是情感的纽带。家庭不仅是温暖的避风港，更是情感的纽带。它连接着血浓于水的亲情，也孕育着深沉的爱情和友情。在这个小小的世界里，我们学会了如何去爱、如何去关心、如何去包容。一个典型的大家庭每逢节假日，家庭成员都会聚在一起享受团圆的时光。在这个大家庭中，长辈们总是关心着晚辈的成长和生活；晚辈们则尊重长辈的经验和智慧。他们会互相支持、互相帮助，共同度过一个又一个难忘的时光。

家的传承，是文化的瑰宝。家庭是文化的传承地。在家庭中，我们学习到了许多宝贵的传统文化和美德。这些文化和美德不仅是我们个人的精神财富，也是我们民族的瑰宝。

“三代同筑路，共筑家国梦”，这句话生动描绘了中铁六局集团北京铁建公司京唐铁路燕郊站项目部党支部书记李国胜家庭三代人矢志不渝、献身铁路事业的壮丽篇章。从遥远西南的成昆铁路筑基，到铁路大提速的浪潮，再到高速铁路新时代的飞驰，李家三代人以青春和汗水铺就了国家发展的钢铁动脉。

李国胜的父亲李广田，作为老一辈铁路工人的杰出代表，与数十万筑路大军并肩作战，铸就了成昆铁路的辉煌。这份坚韧不拔的奋斗精神，如同灯塔一般，照亮了李国胜前行的道路。自接过父辈手中的“接力棒”，李国胜便以满腔热忱投身于铁路建设的洪流中，从北京西站的崛起，到京张铁路张家口车站助力冬奥的辉煌，再到京唐铁路等国家重点工程的攻坚克难，他见证了铁路建设技术的跨越式发展，也用自己的实际行

李广田倾洒汗水铸成的成昆铁路

动诠释了责任与担当。

而今，这份对铁路事业的深情厚谊又传递到了第三代——李国胜的儿子李琛琛手中。自小耳濡目染，李琛琛对铁路建设充满了无限的向往与自豪。大学毕业后，他毅然选择接过家族的“接力棒”，成为一名铁路工程师，继续在父辈的足迹上书写新的篇章。在“最美家庭”的荣耀时刻，李琛琛深情表示，尽管时代变迁，但家族中那份能吃苦、敢担当、勇于奉献的精神内核从未改变，只是在新时代赋予了更多知识与智慧的内涵。

而这一切的背后，离不开默默支持的家庭力量。李国胜的妻子焦叶，以医者的仁心与坚韧，独自撑起了家庭的天空，让父子俩能够心无旁骛地投身于铁路建设事业。她虽感聚少离多，但每当看到列车疾驰而过，那份对家人的骄傲与自豪之情便油然而生。

李家三代人，用汗水与智慧铺就了国家铁路事业的辉煌之路，他们不仅是铁路建设的参与者、见证者，更是家国情怀的传承者。在这个家庭里，铁路建设之家的精神如同血脉一般，代代相传，生生不息。

家的未来，是无尽的希望。家庭不仅是过去的回忆，现在的依托，更是未来的希望。在家庭中我们孕育着下一代，也寄托着对未来的期待和憧憬。一个好的家庭不但会注重家庭教育和孩子的成长，为孩子提供良好的学习环境和教育资源，还注重培养孩子的品德和素质。长辈们会经常陪伴孩子一起读书、一起玩耍、一起探索世界，用自己的行动告诉孩子什么是爱、什么是责任、什么是担当。

家庭的生活依托是不可替代的。它不仅是温暖的避风港，也是情感的纽带和文化的传承地。在家庭中我们学会了如何去爱、如何去关心、如何去付出和奉献。这些经验和教训将伴随我们一生让我们成为更好的人。同时家庭也是我们寄托希望的地方，能够让我们创造更加美好的未来！

在家庭中我们学会了如何去爱、如何去关心、如何去付出和奉献。

（二）家庭的社会功能不可替代

在复杂多变的社会中，家庭作为最基础的社会单位，其社会功能显得尤为重要且不可替代。家庭不仅是情感的港湾，更是社会稳定的基石，文化传承的载体，以及个体成长的摇篮，家庭的社会功能不可替代。

家庭，是个体成长的摇篮。

乒乓球世界冠军、奥运冠军孙颖莎家长培养孙颖莎的例子，充分体现了家庭在孩子成长过程中的重要作用。

孙颖莎从小对乒乓球表现出浓厚兴趣，她的父母尽管没有体育背景，但敏锐地捕捉到了这一点，并给予了必要的支持。这种对孩子兴趣的尊重和支持，是孙颖莎能够持续追求乒乓球梦想的重要基础。为了让孩子能够接触到乒乓球，父母给她报了乒乓球兴趣班，并购买了相关器材。这些实质性的支持，为孙颖莎提供了展示和发展自己兴趣的平台。

孙颖莎在竞技体育中的目标非常明确，即是不断提高自己的技术和竞技水平。她的父母也帮助她设定了短期和长期目标，使她的努力有了明确的方向。在孙颖莎的成长过程中，无数次的训练和比赛锻造了她不屈不挠的精神。父母通过具体行动，如定期检查学习进度、庆祝小成就等来鼓励孩子坚持不懈地追求目标。在高强度的运动训练和比赛之余，仍然需要保持学习成绩。她的父母帮助她制定了合理的时间表，平衡了学习与训练的时间，确保两者都不受影响。除了乒乓球，孙颖莎还展示了对其他领域的兴趣。父母鼓励她探索多样的兴趣和才能，以培养更全面的个人才能。孙颖莎在成长过程中也经历过失败，但她从未被失败所击倒。她将每次失败视为成长的机会，这种积极的心态得益于父母的教导和支持。每当孙颖莎遇到困难和挫折时，她的父母总是给予她足够的心理支持，让她感受到家庭的温暖和力量。

孙颖莎家长的培养方式涵盖了观察并支持孩子的兴趣、设定明确目标并鼓励坚持、平衡学习与兴趣、积极应对挑战与失败以及家庭氛围与价值观传递等多个方面。这些方式不仅促进了孙颖莎在乒乓球领域的成功，也为她的全面发展奠定了坚实的基础。

家庭在个体成长方面起着不可替代的作用。家庭是个体成长的摇篮，家庭成员之间的互动和关爱为个体提供了成长所需的营养和支持。这种支持不仅包括物质上的供给和保障，更包括精神上的关爱和引导。在家庭的陪伴下，个体能够逐渐成长为有知识、有技能、有品质的人，为社会的发展和进步贡献自己的力量。

家庭，是社会稳定的基石。

史长智家庭是一个典型的和谐家庭。他的妻子来自农村，家庭条件虽不宽裕，但她的善良大度和勤劳朴实为家庭带来了温暖和力量。史长智与妻子相濡以沫，共同营造了一个和谐幸福的家庭氛围。史长智夫妇注重子女的教育，他们以身作则，用实际行动为孩子树立榜样。在他们的熏陶下，孩子们也形成了良好的品德和习惯。他们用自己的行为来影响和教育孩子。孝敬父母、夫妻恩爱、勤劳朴实等品质都在潜移默化中传递给了下一代。他们用自己的实际行动诠释了家庭和谐的重要性，为我们树立了榜样。

近期，河北邯郸三名初中孩子因犯罪行为成为全社会关注的焦点。三个孩子的犯罪行为不仅夺走了一个无辜的生命，也引发了社会对家庭教育重要性的深刻反思。三个孩子的行为严重影响了社会稳定，而他们的父母也因此受到了全网络的责骂。这再次证明了父母作为孩子成长的第一位老师，其教育责任的重要性。良好的家庭教育能够培养孩子善良、真诚、自律等品质，从而减少青少年犯罪的发生，维护社会稳定。

家庭在维护社会稳定方面起着重要作用。当个体在社会中遇到困难和挫折时，家庭是他们最坚实的后盾。家庭的关爱和支持能够帮助个体重新振作起来，积极面对生活的挑战。通过加强家庭教育、促进家庭和谐以及承担家庭和社会责任等方式，我们可以共同构建一个更加稳定和谐的社会环境。这种作用是其他任何社会单位都无法替代的。

家庭除了是社会稳定的基石和个体成长的摇篮外，还具有许多其他重要的社会功能。例如，家庭是社会救助的重要力量。当个体或家庭遇到困难和危机时，其他家庭成员和社会成员往往会伸出援手，提供必要的帮助和支持。这种互助和关爱不仅有助于解决个体的困境，也有助于增强社会的凝聚力和向心力。

此外，家庭还是社会创新的源泉。在家庭中，人们可以自由地交流和分享自己的想法和创意。这些想法和创意往往能够激发新的社会创新和发展。例如，许多科学家、艺术家、企业家等都是在家庭的支持和鼓励下实现了自己的创新和创造。

（三）家庭的文明作用不可替代

家庭作为社会的基本单元，其文明作用对于个人的成长、社会的进步具有不可替代的重要性。我们从家庭对个人品德塑造、文化传承、情感支持以及社会责任培养等方面，来探讨其不可替代性。

家庭是个人品德塑造的第一课堂。在家庭中，父母通过言传身教的方式，向子女传递道德观念、价值观念和人生观念。这些观念在子女的成长过程中逐渐内化，形成他们独特的品德风貌。家庭的品德教育具有针对性、连续性和实践性等特点，能够针对子女的个性特点进行教育，在日常生活中得到实践，贯穿子女成长的始终。例如，在一个注重诚信、勤劳、善良的家庭中长大的孩子，往往能够形成诚实守信、勤奋好学、关爱他人的良好品德。这些品德不仅有助于他们在社会中树立良好的形象，也有助于他们在工作和生活中取得成功。

家庭是文化传承的重要载体。在家庭中，父母通过向子女传授家族历史、传统习俗、民间艺术等方式，将文化基因代代相传。这种文化传承不仅有助于保持文化的多样性和丰富性，也有助于增强民族认同感和文化自信心。家庭的文化传承具有潜移默化、耳濡目染的特点，能够使子女在不知不觉中接受并传承文化。以中国传统文化为例，许多家庭通过讲述家族故事、传承家风家训等方式，将尊老爱幼、勤劳节俭、自强不息等传统美德代代相传。这些美德不仅塑造了中华民族的优秀品质，也为世界文化的多样性做出了贡献。

家庭是人们情感支持的重要来源。在家庭中，人们能够感受到亲情的温暖和支持。这种情感支持有助于增强人们的自信心和幸福感，促进个人的全面发展。家庭的情感支持具有无私性、稳定性和持久性等特点，能够为个人提供长期的情感支持和陪伴。在现代社会中，由于工作、学习等原因，人们往往面临着巨大的压力和挑战。在这种情况下，家庭的情感支持显得尤为重要。一个和谐、温暖的家庭能够给予人们精神上的慰藉和力量，帮助人们渡过难关。因此，家庭的文明作用在情感支持方面也是不可替代的。

家庭是人们培养社会责任的重要场所。在家庭中，父母通过向子女传授社会公德、职业道德和家庭美德等观念，培养他们的社会责任感和奉献精神。这种教育能够使子女明确自己的社会责任和义务，积极参与社会公益事业和志愿服务活动。家庭的社会责任培养具有全面性、实践性和长期性等特点。它不仅能够培养子女的社会责任感和奉献精神，还能够提高他们的综合素质和能力。在现代社会中，一个具有强烈社会责任感和奉献精神的人往往更容易获得社会的认可和尊重。

家庭的文明作用在个人品德塑造、文化传承、情感支持以及社会责任培养等方面具有不可替代的重要性，我们应该更加珍视家庭文明作用的价值，加强家庭教育建设，提高家庭教育的质量和水平。

二、新时代家庭建设的新要求

新时代家庭建设的新要求旨在促进家庭和谐、提高家庭成员的素质、推动家庭生活的现代化和尊重家庭多样性等方面，以适应社会发展的需求。

（一）注重家教

家教在家庭建设中具有十分重要的地位，在孩子的成长和发展过程中具有极其重要的作用。它不仅能够塑造孩子的健全人格、传承优秀文化、培养良好习惯、增强家庭凝聚力、促进孩子全面发展，还能够塑造孩子的积极心态。

在家庭环境中，孩子通过观察、模仿和学习父母的行为举止、言谈举止，逐渐建立起自己的价值观、道德观和世界观。

第一，家教是孩子形成健全人格的关键因素。在家庭环境中，孩子通过观察、模仿和学习父母的行为举止、言谈举止，逐渐建立起自己的价值观、道德观和世界观。良好的家教能够引导孩子形成积极向上的人生观，学会尊重他人、关心社会、承担责任。这种健全的人格不仅有助于孩子的个人成长，也为他们未来步入社会奠定了坚实的基础。

第二，家教是传承优秀文化的重要途径。家庭作为社会的基本细胞，承载着传承文化的重任。通过家教，父母可以让他们了解并认同自己的文化根源。这种文化的传承有助于增强孩子的文化自信心和民族自豪感，培养他们的爱国情怀和社会责任感。

第三，家教对于孩子良好习惯的养成具有决定性作用。在家庭中，父母可以通过日常生活中的点滴细节，引导孩子养成良好的生活习惯、学习习惯和社交习惯。这些习惯一旦形成，将伴随孩子一生，对他们的成长和发展产生深远的影响。良好的习惯有助于提高他们的综合素质和竞争力。

第四，良好的家教能够增强家庭凝聚力。在注重家教的家庭中，父母与孩子之间建立了深厚的情感纽带，相互尊重、相互理解、相互支持。这种和谐的家庭氛围让孩子感受到温暖和关爱，有利于他们的身心健康和全面发展。同时，良好的家教还能够促进家庭成员之间的沟通与协作，增强家庭凝聚力和向心力。

第五，家教有助于孩子的全面发展。通过家教，父母可以关注孩子的兴趣爱好和特长，为他们提供个性化的教育和培养。这种个性化的教育有助于激发孩子的潜能和创造力，培养他们的多元智能和综合素质。

第六，家教对于孩子积极心态的塑造至关重要。在家庭中，父母可以通过自己的言行举止、情绪管理和心态调整等方式，引导孩子形成积极的心态和情绪。这种积极的心态有助于孩子更好地面对挫折和困难，保持乐观向上的精神状态。同时，积极的心态还能够促进孩子的心理健康和幸福感。

为了更好地发挥家教的作用，我们可以借鉴以下途径与方法：

言传身教，树立榜样。家长是孩子的第一任老师，家长的言行举止对孩子有着深远的影响。因此，家长要注重自己的言行举止，做到言行一致、以身作则。同时，家长还要善于从自身经历中提炼出有价值的教育资源，通过讲述自己的故事来引导孩子树立正确的价值观和人生观。

家庭教育课程，系统引导。在新时代，家庭教育课程成为一种有效的家教途径。这些课程通常由专业的家庭教育专家或心理咨询师授课，旨在帮助家长掌握科学的教育方法和技巧。通过参加家庭教育课程，家长可以更加系统地了解孩子的成长规律和心理需求，从而有针对性地开展家教活动。

家庭活动，增进感情。家庭活动是增进家庭成员感情的重要途径。家长可以组织一些有趣的家庭活动，如户外探险、亲子阅读、家庭运动会等，让孩子在轻松愉快的氛围中感受到家庭的温暖和关爱。这些活动不仅能够增进家庭成员之间的感情，还能够培养孩子的团队协作能力和集体荣誉感。

家校合作，共同育人。家校合作是注重家教的重要途径之一。学校和家庭是孩子成长的两个重要场所，二者相辅相成、共同育人。家长要积极与学校沟通合作，了解孩子在学校的表现和成长情况，共同制订教育计划和方案。同时，家长还要积极参与学校的各项活动，如家长会、家长志愿者等，为孩子的成长提供更多的支持和帮助。

借助新媒体，拓展渠道。在新时代，新媒体为家教提供了更加广阔的渠道。家长可以通过微信、微博、抖音等社交媒体平台了解最新的教育理念和方法，与其他家长交流育儿经验。同时，家长还可以利用网络途径为孩子提供更多的学习资源和娱乐方式，如在线课程、电子书、动画片等。这些新媒体资源不仅能够丰富孩子的课余生活，还能够拓宽他们的视野和知识面。

注重家教是新时代家庭建设的重要任务之一。通过言传身教、家庭教育课程、家庭活动、家校合作以及借助新媒体等多种途径和方法，我们可以有效地开展家教活动，为孩子的成长提供有力的支持和保障。

（二）注重家风

家风，是一个家族在长期发展过程中形成的独特文化气质和

家风，是一个家族在长期发展过程中形成的独特文化气质和行为准则。它承载着家族的历史记忆、文化传统和道德观念，是家族成员共同遵循的价值体系和行为规范。

行为准则。它承载着家族的历史记忆、文化传统和道德观念，是家族成员共同遵循的价值体系和行为规范。家风的建设，不仅关乎家族的传承与发展，更在潜移默化中影响着家族成员的人生观、价值观和世界观。

在新时代，家风建设被赋予了新的时代价值。随着社会的快速发展和变革，家庭结构、生活方式和价值观念都在发生着深刻的变化。在这一背景下，注重家风建设，不仅有助于传承和弘扬中华优秀传统文化，更能够引导家庭成员树立正确的价值观念和行为准则，促进个体健康成长和家族和谐稳定。

在新时代，家风建设要求家族成员树立良好家风，传承家族文化。这包括尊重长辈、关爱晚辈、诚实守信、勤俭节约等传统美德的弘扬与传承。通过讲述家族历史、传承家族文化，让家族成员了解家族的传统和荣誉，增强家族凝聚力和向心力。例如，某家族在每年的春节聚会上，都会邀请长辈讲述家族的发展历程和家族文化。在这个过程中，家族成员不仅了解了家族的历史和传统，更在潜移默化中接受了家族文化的熏陶和感染。这种传承方式，让家族文化得以延续和发展，也为家族成员提供了共同的精神寄托和文化认同。

在新时代，家庭教育成为家风建设的重要组成部分。通过家庭教育，引导家庭成员树立正确的价值观念和行为准则，培养其优秀品质。家长要以身作则，用自己的言行举止影响和感染孩子，让孩子在成长过程中形成良好的行为习惯和道德品质。以一位母亲为例，她非常注重孩子的教育，经常与孩子一起阅读书籍、讨论问题，引导孩子树立正确的人生观和价值观。同时，她还注重培养孩子的独立性和责任感，让孩子学会承担家庭和社会责任。在母亲的悉心教育下，孩子们逐渐形成了积极向上的品质和行为习惯，成为社会的有用之才。

在新时代，和谐家庭成为家风建设的重要目标。通过倡导和谐家庭理念，营造温馨的家庭氛围，让家庭成员在相互关爱、相互尊重中共同成长。家庭成员要相互支持，共同面对生活中的困难和挑战。无论工作多忙，都要抽出时间陪伴家人，一起度过愉快的时光，共同承担家庭责任和义务。这种和谐的家庭氛围让大家感受到了家的温暖和幸福，也为每个家人提供了强大的精神支持。

在新时代，家庭作为社会的基本细胞，其参与社会活动的积极性也被赋予了新的要求。通过参与社会公益活动、志愿服务等方式，让家庭成员了解社会、服务社会，为社会的进步和发展贡献家庭力量。某个家庭经常参与社区组织的志愿服务活动。他们利用周末时间到社区为老人提供生活帮助、为儿童提供教育辅导等。这些活动不仅让他们感受到了社会的温暖和关爱，更让他们明白了家庭责任和社会责任的重要性。通过参与社会活动，他们不仅为社区的发展做出了贡献，也为家庭成员提供了成长和锻炼的机会。

当然，注重家风的途径和方案是丰富多样的，以下是几种常见的、富有实效的方法：

制定家规家训。家规家训是家庭文化的核心，是家庭成员共同遵守的行为准则。家长可以与孩子们一起制定家规家训，明确家庭成员的权利和义务，规范家庭成员的行为。家规家训的制定要简洁明了、易于理解，同时也要具有针对性和可操作性。通过制定家规家训，可以让家庭成员明确自己的责任和义务，形成共同的价值观念和行为规范。

榜样示范。家长是孩子的第一任老师，也是孩子最重要的榜样。家长的言行举止会深刻地影响孩子的行为习惯和价值观念。因此，家长要时刻注意自己的言行，做到诚实守信、尊老爱幼、勤俭节约等，为孩子树立一个良好的榜样。同时，家长也要善于发现孩子的优点和进步，及时给予表扬和鼓励，增强孩子的自信心和积极性。

共同参与家庭活动。家庭活动是培养家庭凝聚力和增进家庭成员之间感情的重要途径。家长可以组织一些有意义的家庭活动，如户外拓展、旅行、运动比赛等，让家庭成员共同参与其中。在这些活动中，家庭成员可以相互协作、互相支持，共同面对困难和挑战。通过共同参与家庭活动，可以增进家庭成员之间的感情和信任，形成共同的价值观念和行为规范。

定期召开家庭会议。定期召开家庭会议是加强家庭沟通、促进家庭和谐的有效方式。在会议上，家庭成员可以分享自己的生活和工作经历，交流彼此的想法和感受。同时，也可以针对家庭中存在的问题进行讨论和制定解决方案。通过定期召开家庭会议，可以加强家庭成员之间的沟通和理解，形成共同的家庭目标和价值观。

教育引导与培养。注重家风的教育引导与培养是长期且持续的过程。家长可以通过阅读、讲座、培训等方式不断提升自己的家庭教育能力，以更科学、更有效的方法引导孩子。同时，也要关注孩子的成长需求和心理变化，及时给予关爱和支持。在教育引导与培养的过程中，家长要注重培养孩子的独立思考能力、创新能力以及解决问题的能力，让他们成为具有责任感和担当精神的人。

注重家风的途径和方案是多种多样的，家长可以根据自己家庭的实际情况选择适合的方法。通过不断努力和实践，可以塑造出具有优良家风的家庭文化，为孩子的健康成长和家族的繁荣稳定奠定坚实的基础。

（三）注重家规

家规作为家庭文化的核心，是家庭成员共同遵守的行为准则。它不仅能够规范家庭成员的行为，维护家庭和谐，还能传承和弘扬家族文化。在新时代背景下，注重家规建设显得尤为重要。因此，家庭成员应充分认识到家规的重要性，共同致力于家规的建设和完善。

随着社会的快速发展，人们的生活方式、价值观念发生了深刻的变化。在这样的背景下，传统的家庭观念受到了冲击，家庭矛盾日益增多。注重家规，就是要通过制定和执行家庭规则，来规范家庭成员的行为，维护家庭的和谐稳定。家规如同一把钥匙，能够打开家庭和谐之门，让家庭成员在变化中找到共同的价值观和归属感。

在新时代，道德教育的重要性日益凸显。家庭作为道德教育的第一课堂，承担着培养孩子良好品德的重任。注重家规，就是要通过制定和执行家庭规则，来引导孩子树立正确的价值观念和行为习惯。家规如同一面镜子，能够反映出家庭成员的道德水平，也能够引导孩子向善向上。

家规是家族文化的重要组成部分，它承载着家族的荣誉和期望。注重家规，就是要通过制定和执行家庭规则，来传承和弘扬家族文化。家规如同一根纽带，能够将家族成员紧密地联系在一起，形成共同的价值观和荣誉感。

家规如同一根纽带，能够将家族成员紧密地联系在一起，形成共同的价值观和荣誉感。

在家规的制定过程中，要集思广益，应充分听取每个家庭成员的意见和建议，确保家规符合家庭实际情况，能够得到全家人的认可和支持；家规的内容应简洁明了、具体可行，包括家庭成员的行为准则、道德规范、生活习惯等方面，内容要与时俱进，反映新时代的社会价值观。特别要注意的是，家规要以书面形式记录下来，形成一份完整的家规文件。这份文件可以作为家庭教育的教材，方便家庭成员随时查阅和遵守。

在家规的执行过程中，要做到公平公正，不偏袒任何一方。对于违反家规的行为，要给予适当的惩罚和教育，让孩子明白遵守家规的重要性。家规建设是一个长期的过程，需要家庭成员持之以恒地遵守和执行。家长要耐心引导孩子养成良好的行为习惯和道德品质，让孩子在成长过程中逐渐成为有责任感、有担当的人。

与此同时，还需要不断完善家规，定期对家规的执行情况进行评估，了解家规的效果和存在的问题。根据家庭实际情况和社会环境的变化，及时调整和更新家规的内容，如可以添加一些新的行为规范或删除一些不再适用的规定；鼓励家庭成员在家规建设方面进行创新和实践，激发家庭成员参与家规建设的积极性和创造力。

通过以上措施的实施，可以逐步建立起一个符合家庭实际情况、具有新时代特色的家规体系。这样的家规不仅能够规范家庭成员的行为习惯，维护家庭和谐稳定；还能够传承和弘扬家族文化，为家庭成员的成长和发展提供有力的支持和保障。

当然，在现代社会中要发挥家规的作用，还要注意以下几个方面：

强调尊重与沟通。在现代家庭中，许多家长强调尊重每个家庭成员的意见和感受。他们制定家规时，会让所有成员参与讨论，确保每个人都能理解和接受这些规定。比如，有些家庭会规定每天晚上有一个固定的“家庭时间”，这段时间内家庭成员需要共同交流，分享彼此的日常和感受。这种规定有助于增强家庭成员之间的沟通和理解。

培养责任感。一些家庭通过家规来培养家庭成员的责任感。例如，他们可能会规定每个家庭成员都要承担一定的家务任务，如做饭、打扫房间等。这样的规定不仅能让家庭成员学会独立和自理，还能让他们意识到自己对家庭的责任和贡献。

注重学习与成长。在现代社会，知识和技能的重要性日益凸显。一些家庭通过家规来鼓励成员持续学习和成长。他们可能会规定每天要有一定的阅读时间，或者定期参加一些技能培训课程。这样的规定有助于家庭成员不断提升自己的能力和素质。

倡导健康生活方式。随着健康意识的提高，越来越多的家庭开始注重健康生活方式。他们通过家规来规定家庭成员的饮食、运动等方面的习惯。比如，一些家庭会规定晚餐后不能立即坐下看电视，而是要进行一些轻度的运动，如散步或做家务。这样的规定有助于家庭成员保持健康的身体和心态。

强调诚信与正直。诚信和正直是现代社会中非常重要的品质。一些家庭通过家规来强调这些品质的重要性。他们可能会规定家庭成员不能说谎、不能欺骗他人等。这样的规定有助于培养家庭成员的诚信意识和道德观念。

尊重长辈和传统文化。尽管现代社会发展变化很快，但一些家庭仍然非常重视对长辈的尊重和对传统文化的传承。他们通过家规来规定家庭成员要尊重长辈、孝敬父母等。同时，他们也会鼓励成员了解和学习传统文化知识，如学习书法、绘画等。这样的规定有助于传承和弘扬中华民族的优秀传统文化。

总之，家规在家庭建设中的重要性不容忽视，在新时代家庭建设中，值得我们高度重视和积极践行。

第三节 科学地实现家庭现代化转型

家庭，这艘穿越时光的小舟，承载着欢笑与泪水，记录着变迁与坚守。在快节奏的现代生活中，家庭不仅是避风的港湾，更是我们探索新世界、实践新理念的试验田。当我们谈论家庭现代化转型时，这不仅仅意味着购买最新的智能家电或将居室装修成最流行的风格，它更是一场深入骨髓的变革。要实现家庭现代化转型，从“家庭根本”，到“家庭关系”，再到“家庭追求”和“家庭血脉”等，都不是摒弃旧我，而是蜕变新生。它像一场跨越时空的旅行，既要带着祖辈的智慧行囊，也要装备上现代的导航仪，在笑声与泪水中，一起驶向更加和谐、幸福、充满活力的未来家庭港湾。

一、爱国爱家的家庭根本

家庭现代化转型，最根本的是在时代的洪流中，守住那份对家的深情与对国的热爱。

家庭现代化转型，最根本的是在时代的洪流中，守住那份对家的深情与对国的热爱。这，就是我们的“家庭根本”。那么，如何在这场转型的浪潮中，确保根与本得以传承和发扬呢？

让我们穿越回古代，看看那些古人的智慧。在古代，家庭是社会的基石，而爱国爱家更是每个士子的必修课。那时候，没有智能手机，没有网络，但人们对家的眷恋，对国的忠诚，却比任何时候都要深厚。他们通过家训、家规，将这份情感代代相传。比如，诸葛亮的《诫子书》，字字句句都透露着对家族、对国家的深情厚谊，简直就是古代“爱国爱家No.1”。

现在，我们回到了现代，家庭的形式

元 赵孟頫（传）《诸葛亮像轴》

和内容都发生了翻天覆地的变化。智能家居、远程办公、在线教育……这些新兴的生活方式正在悄然改变着我们的家庭。但是，无论时代如何变迁，那份爱国爱家的情感，却是我们永远不能丢失的“传家宝”。新时代，我们要做好“家庭文化的守护者”“家庭故事的讲述者”“家庭活动的组织者”“家庭教育的引导者”。

做好“家庭文化的守护者”。每个家庭都有自己独特的文化，这些文化或许是一句家训，或许是一个传统习俗，或许是一本家族相册。无论是什么，它们都是家庭历史的见证，是爱国爱家情感的载体。我们要像守护宝藏一样，守护好这些家庭文化，让它们在现代家庭中继续发光发热。像我家就有一个传统，每年春节，全家人都会一起制作一本家庭相册，记录过去一年生活中的点点滴滴。这个传统坚持了十几年，每当翻开这些相册，就能感受到温馨的家庭氛围和一家人对生活的热爱之情。这简直就是家庭版的“时光机”，让人一秒穿越回过去！

做好“家庭故事的讲述者”。每个家庭都有自己的故事，这些故事或许是关于祖辈的英勇事迹，或许是关于父母的奋斗历程，或许是关于我们自己的成长经历。这些故事，都是爱国爱家情感的生动教材。我们要经常在家里讲述这些故事，让家庭成员在听故事的过程中，感受到那份对家国的深情。在我小时候，爷爷经常给我讲他们当年历经苦难却奋勇向前的故事。虽然那些故事已经讲了很多遍，但每次听，我都能感受到那份对国家的热爱和对家庭的责任感。这些故事，就像一颗颗“爱国爱家”的种子，在我心里生根发芽，让我更加珍惜现在的家庭和生活。

做好“家庭活动的组织者”。家庭活动，是增进家庭成员之间感情的重要途径，也是传承和发扬爱国爱家情感的有效方式。我们要经常组织一些有意义的家庭活动，比如一起参加社区的志愿服务、一起观看爱国电影、一起参观历史博物馆等。这些活动，不仅能让家庭成员更加团结，还能让他们在活动中感受到那份对家国的热爱。记得有一次，我们全家一起参加了孩子学校组织的一个环保活动。在活动中，我们一起捡垃圾、种树、宣传环保知识。虽然那天很累，但我们都觉得非常有意义。因为在这个过程中，我们不仅为环保事业作出了贡献，还增进了家庭成员之间的感情和对国家的责任感。这简直就是一次“爱国爱家”的实地演练！

做好“家庭教育的引导者”。家庭教育，是传承和发扬爱国爱家情感的关键环节。“家庭教育的引导者”不仅要关注孩子的成长，还要引导家庭成员共同营造一个积极、健康、和谐的教育环境，引导家庭成员树立正确的价值观和人生观。我们要注重家庭教育的方式和方法，可以通过讲述历史故事、讲解国家政策法规、分享社会热点话题等方式，让家庭成员在轻松愉快的氛围中接受爱国爱家的教育。这样，我们的家庭就能成为一个“爱国爱家”的小课堂啦！

我们唯有做好家庭文化的守护者、家庭故事的讲述者、家庭活动的组织者以及家庭教育的引导者，才能在时代的洪流中，守住那份对家的深情与对国的热爱，让这份“家庭根本”永远发扬光大。毕竟，“爱国爱家”可是我们的“家传宝”啊！

二、相亲相爱的家庭关系

家庭，承载着爱、温暖与希望。而相亲相爱的家庭关系，则是这一基本单元中最为珍贵的部分。它不仅是家庭和谐的基石，更是个人成长与情感发展的重要土壤。

相亲相爱的家庭关系，简而言之，是指家庭成员之间基于爱、尊重与理解而建立的亲密关系。这种关系的特点包括：成员间的情感联系紧密，相互支持，愿意为家庭的幸福付出努力，以及在面对困难时能够共同承担。

相亲相爱的家庭关系之所以重要，是因为它能够为家庭成员提供一个安全、温暖的成长环境。在这样的环境中，个人的自尊心和自信心能够得到培养，情感需求得到满足，从而为其未来的社会生活打下坚实的基础。

在个人成长方面，一个相亲相爱的家庭无疑是孩子心灵成长的沃土，它以一种细腻而深刻的方式，滋养着孩子形成积极的自我认同。在这样的家庭氛围中，孩子不仅能够深刻感受到被接纳与珍视，还能在潜移默化中培养出卓越的社交技能和问题解决能力。更重要的是，这样充满爱的家庭赋予了孩子敢于尝试的勇气，让他们明白，在追求梦想与创新的路上，即使遭遇挫折与失败，也总有一个温暖的港湾等待着他们归航。家庭的支持与鼓励，如同无形的翅膀，让孩子在挑战面前更加坚韧不拔，学会从失败中汲取养分，将每一次跌倒转化为成长的阶梯。

在情感发展方面，相亲相爱的家庭氛围让家庭成员们逐渐学会了情感表达的艺术，懂得如何用真诚的话语、温柔的眼神或是简单的肢体接触，去传递内心的喜怒哀乐，让情感的交流成为家庭生活中不可或缺的一部分。同时，面对冲突与分歧，家庭成员们学会了以理解、包容和沟通为桥梁，共同探索和平解决的路径。因为大家认识到，冲突是情感成长的催化剂，而非关系的终结符，通过积极的对话与协商，不仅问题得以化解，更促进彼此之间的理解与尊重，建立深厚的情感纽带。

在社会影响方面，相亲相爱的家庭模式犹如一股清流，深刻影响着社会的每一个角落，为社会培养了一批批健康、有责任感的公民。这些公民在家庭中学会关爱、责任与奉献，步入社会后，能够积极履行公民义务，参与社会建设，为社会的整体和谐与进步贡献自己的力量。他们的存在，如同点点星光，汇聚成照亮社会前行的璀璨星河，引领着我们向着更加美好的未来迈进。

那么，如何才能更好地建立和维护相亲相爱的家庭关系呢？

“2023年全国最美家庭”的陈静一家给我们树立了良好榜样。在日常生活中，父母非常注重与孩子的沟通交流，每天都能及时了解孩子的想法和感受。此外，他们还鼓励孩子参与家庭决策，让孩子感受到自己是家庭的一分子。当家庭成员间出现分歧时，他们总是以理解和包容的态度去解决问题，而不是争吵或冷战。我们从陈静一家中总结出良好家庭关系的建立和维护方法，特别是关于如何有效沟通以避免矛盾和冲突。

倾听与理解。家庭成员之间应学会倾听对方的意见和感受，并试图理解对方的立场和想法。父母耐心倾听孩子的想法，给予积极的反馈和建议，这让孩子感到被尊重和理解。

表达与分享。倡导并珍视每一个成员表达自我、分享心声的权利与机会。这不仅是一个简单的交流过程，更是心灵深处情感的共鸣与碰撞。无论是细腻入微的感受、深思熟虑的想法，还是日常生活中的点滴需求，都应被温柔以待。

尊重与包容。在沟通中，家庭成员应尊重彼此的差异和意见，并学会包容对方的不足。一家人在面对分歧时，总是以尊重和包容的态度去处理问题，这可以有效避免不必要的争吵和冲突。

寻求共同点。家庭成员可以尝试找到彼此之间的共同点和兴趣，以便更好地建立联系和增进理解。在陈静的家里，每个人都有自己专属的阅读空间，他们每周召开一次家庭阅读分享会，每年制作一份家庭心愿书单……阅读让他们找到了更多的共同话题和兴趣爱好。

最后，避免情绪化沟通。在沟通时，家庭成员应尽量保持冷静和理性，避免情绪化的言辞和行为。情绪化的沟通往往容易导致误解和冲突。面对问题时，父母要先冷静下来，再与孩子进行理性的沟通和讨论。

相亲相爱的家庭关系，在现代社会中具有重要价值和意义。随着生活步伐的疾速前行与社会竞争的日益激烈，家庭，这个温

家庭，这个温馨的港湾，愈发成为每个人心灵得以栖息、情感得以滋养的避风港。它不仅是一个物理空间上的存在，更是精神世界的坚强后盾，为个体在纷繁复杂的世界中提供了一处宁静与安定的避风所。

馨的港湾，愈发成为每个人心灵得以栖息、情感得以滋养的避风港。它不仅是一个物理空间上的存在，更是精神世界的坚强后盾，为个体在纷繁复杂的世界中提供了一处宁静与安定的避风所。

三、向上向善的家庭美德

“向上向善”是一个有着深厚文化内涵与积极价值取向的概念，它强调的是在精神追求与道德行为上的一种积极向上的态度和实践。简而言之，就是家庭成员在日常生活和相处中，秉持着追求进步、崇尚善良、积极向上的生活态度和价值取向。其中，“向上”指的是不断追求个人成长、学业进步、事业成功以及生活质量的提升；“向善”则是指坚持道德原则，行善积德，以善良、宽容、互助的心态对待家人和他人。这种美德的重要性在于，它是家庭和谐与社会稳定的基础。在家庭中培养向上向善的美德，不仅能够促进家庭成员之间的理解和尊重，还能为社会的整体道德水平提升贡献力量。

具体而言，向上向善的美德主要有哪些表现呢?

孝顺父母。孝顺是中华民族的传统美德，也是向上向善家庭美德的重要组成部分。家庭成员应该尊重、关爱和照顾父母，为他们提供物质和精神上的支持。这体现在日常生活中的点点滴滴，如经常陪伴父母、倾听他们的心声、关心他们的身心健康等。

诚实守信。诚实守信是建立良好人际关系的基础，也是向上向善家庭美德的核心。家庭成员之间应该言行一致，遵守诺言，不撒谎、不欺诈、不偷盗。这种美德有助于增强家庭成员之间的信任感，维护家庭的和谐稳定。

勤劳节俭。勤劳节俭是中华民族的传统美德，也是向上向善家庭美德的基石。家庭成员应该勤劳致富，珍惜劳动成果，不过度消费，注重节约。这种美德不仅有助于家庭经济的稳健发展，还能够培养家庭成员的责任感和自律精神。

团结互助。团结互助是构建和谐家庭的重要途径，也是向上向善家庭美德的重要体现。家庭成员之间应该相互关心、支持和帮助，共同应对困难和挑战。在家庭中形成团结互助的氛围，能够增强家庭成员的凝聚力和归属感，使家庭成为温馨的港湾。

尊老爱幼。尊老爱幼是中华民族的传统美德，家庭成员应该尊重长辈、关爱幼辈，为他们提供良好的生活环境。这体现在对长辈的尊敬和照顾上，以及对孩子的教育和关爱上。尊老爱幼有助于传承中华民族的传统美德，培养家庭成员的责任感和爱心。

积极乐观。向上向善的家庭美德还体现在家庭成员积极乐观的生活态度上。他们追求个人成长和进步，不断学习和提升自己的能力。同时，他们也关注社会的发展和进步，积极参与公益事业和社会活动。这种积极乐观的态度不仅有助于家庭成员的个人发展，还能够为社会的整体进步贡献力量。

和谐共处。家庭成员之间能够相互理解、包容和尊重彼此的差异和个性。通过有效的沟通和协商解决问题和矛盾，维护家庭的和谐稳定。和谐共处的家庭氛围有助于培养家庭成员的社交能力和情感智商，为他们未来的社会生活打下良好的基础。

向上向善的家庭美德不仅有助于家庭内部的和谐与幸福，也为社会的整体进步和文明发展奠定了坚实的基础。

传承优秀文化价值观。家庭作为社会的基本单元，是文化传承的重要场所。向上向善的家庭美德是中华优秀传统文化的重要组成部分。通过家庭教育和日常生活实践，这些美德得以代代相传，为社会的文化繁荣和价值认同提供了有力支撑。

培养社会公德意识。家庭美德的培养不仅局限于家庭内部，它还通过家庭成员在社会中的行为表现，对社会公德意识的形成产生积极影响。具有向上向善美德的家庭成员，在公共场所也会表现出良好的道德修养和行为习惯，如遵守公共秩序、尊重他人权益、积极参与公益活动等，这些行为都有助于提升社会的整体文明程度。

促进社会和谐稳定。家庭和谐是社会和谐的基础。向上向善的家庭美德有助于减少家庭内部的矛盾和冲突，增强家庭成员之间的凝聚力和向心力。这种和谐的家庭氛围会进一步扩展到社会层面，促进不同社会群体之间的理解和包容，减少社会矛盾和冲突，维护社会的和谐稳定。

推动社会经济发展。勤劳节俭是向上向善家庭美德的重要体现之一。这种美德鼓励家庭成员努力工作、勤俭节约，为家庭创造更多的物质财富。家庭成员之间的互助合作也有助于提高生产效率和创新能力，推动社会经济的持续发展。具有向上向善美德的家庭成员还更有可能积极参与社会创业和就业活动，为社会经济发展注入新的活力。

增强社会责任感和奉献精神。拥有向上向善的家庭美德成员关注社会的发展和进步，积极参与公益事业和社会活动，为弱势群体提供帮助和支持。这种行为不仅有助于缓解社会矛盾，还能够激发更多人的社会责任感和奉献精神，形成全社会共同参与社会建设的良好氛围。

向上向善家庭美德的践行和传承，不仅有助于家庭成员个体的良好成长，形成社会普遍认可的价值取向和行为规范，更有助于提升社会的整体道德水平和文明程度，促进社会的和谐与进步。

四、共享共建的家庭追求

共享共建的家庭，是爱的传递，是理解的桥梁，是支持的力量，是携手家人共筑爱的港湾，共创温馨家园的美好愿景。它如同一家人围坐共绘一幅家庭画卷，每一笔都饱含深情，每一色都充满温暖。在这幅画卷中，有共同分担家务的默契，有共赏夕阳的温馨，有共渡难关的坚韧，更有共享喜悦的欢笑。这样的家庭，不仅仅是居住的空间，更是心灵的归宿，是每个人梦寐以求的避风港。它教会我们，家庭的美好，不在于物质的堆砌，而在于心与心的相连，情与情的交融。在这样的家庭中，我们不仅能找到归属感，更能学会如何以爱之名，与家人携手共进，让生活的每一天都充满意义和价值。

共享共建的家庭追求核心在于“共享”与“共建”。共享，意味着家庭中的每一份喜悦、每一份困扰，都能被所有成员共同感知和承担。无论是孩子成长的喜悦，还是工作中的挫折与困惑，都能在家庭的温馨氛围中得到分享和化解。而共建，则强调家庭成员之间的协作与努力，共同为家庭的幸福和繁荣付出努力。

这种追求，不仅让家庭成为一个生活的共同体，更成为一个情感的寄托所和精神的成长园地，对家庭成员的成长具有深远的影响。

培养责任感与担当精神。每个成员都是家庭不可或缺的，需要共同承担家庭的责任和义务。这种家庭氛围促使孩子们从小学会负责任，明白自己的行为对家庭的影响，从而培养出强烈的责任感和担当精神。例如，通过参与家务劳动、照顾家人等活动，孩子们能够亲身体验到付出的乐趣并获得成就感，进而增强对家庭的归属感和责任感。

促进沟通与理解。共享共建的家庭追求强调家庭成员之间的沟通与理解。家庭成员之间经常分享彼此的想法、感受和需求，通过有效的沟通来解决矛盾和冲突。这种沟通方式不仅有助于增进家庭成员之间的情感联系，还能够让孩子们学会倾听、表达和理解他人。这种能力在孩子的成长过程中至关重要，有助于他们建立良好的人际关系，提高社会适应能力。

增强合作与团队意识。共享共建的家庭环境为家庭成员提供了大量的合作机会。无论是共同参与家务劳动，还是一起规划家庭活动，都需要家庭成员之间的紧密合作。这些经历让孩子们学会了如何与他人协作、如何分配任务、如何协调资源等重要的团队合作技能。这些技能在孩子的未来学习和工作中将发挥重要作用，帮助他们更好地融入集体、发挥个人优势。

培养感恩与分享的心态。在共享共建的家庭中，家庭成员之间经常分享彼此的成功和快乐，也共同面对困难和挑战。这种分享与分担的经历让孩子们学会了感恩和分享的心态。他们懂得珍惜家人的付出和关爱，也愿意将自己的快乐和成功与家人分享。这种心态有助于孩子们形成积极向上的生活态度，提高他们的幸福感和满足感。

塑造健康的人格特质。共享共建的家庭追求有助于塑造家庭成员健康的人格特质。在这样一个充满爱与理解的家庭环境中成长的孩子，更容易形成自信、乐观、坚韧不拔等积极的人格特质。他们相信自己有能力面对生活中的挑战和困难，也愿意为家庭的幸福和繁荣付出努力。这些人格特质将为孩子的未来发展奠定坚实的基础。

如何建立和维护这种共享共建的家庭追求呢？实际上，这并不需要复杂的技巧或方法。它只需要我们用心去倾听家人的声音、用爱去包容家人的不足、用责任去担当家庭的重任。例如，当家庭成员面临困难时，我们可以共同商量、共同解决；当家庭需要做出重要决策时，我们可以充分听取每个人的意见，共同做出最有利于家庭的选择。

在现代社会中，“共享共建的家庭追求”的价值和意义愈发凸显。它不仅是家庭和谐的基石，更是社会稳定与发展的源泉。在快速变化的社会环境中，家庭作为社会的基本单元，其内部的和谐与稳定对于整个社会的健康发展至关重要。共享共建的家庭追求强调家庭成员之间的情感联系和共同责任，有助于增强家庭的凝聚力和向心力，使得家庭在面对外部挑战时能够更加团结一致、共同应对。

“共享共建的家庭追求”也体现了“国是最大的家，家是最小的国”的深刻内涵。家庭是国家的缩影，国家的繁荣与稳定离不开每一个家庭的和谐与幸福。只有当每一个家庭都能够秉持共享共建的理念，积极营造温馨、和谐的家庭氛围，才能够为社会的和谐与进步奠定坚实的基础。

五、诗书绵延的家庭血脉

诗书绵延的家庭血脉，是岁月长河中的温润玉液，滋养着代代相传的文化之根。它如无形的家谱，记录着家族的智慧与情感，每一行诗句、每一页书篇都是先辈的宝贵遗产。在这样的家庭中，夜晚围炉共读，与历史的灵魂对话，与先贤的智慧相遇。诗书不仅是文化的载体，更是情感的纽带，它教会我们敬畏文化、渴望知识、向往美好生活。它是连接过去与未来的桥梁，让我们明白，每个个体都是家族历史的一部分，每次翻阅书页，都是与先辈的一次心灵触碰。

每个个体都是家族历史的一部分，每次翻阅书页，都是与先辈的一次心灵触碰。

诗书绵延的家庭血脉，是指家庭中通过诗书等文化载体，代代相传的智慧、情感与

明 吴伟《树下读书图》（局部）

价值观，是文化之根与家庭现代化转型的桥梁。它不仅仅是家族历史的记录，更是家族精神的体现。在这种家庭环境中，诗书不仅是学习的工具，更是生活的指南，是家族成员之间情感交流的桥梁。其具有以下几个显著特点：一是传承性，它强调家族文化的连续性和稳定性，确保家族精神的延续；二是教育性，它注重通过诗书等文化载体来培养家族成员的品德与才能；三是情感性，它强调家族成员之间的情感联系，通过共同的文化体验来增进彼此的理解和认同。

诗书绵延的家庭血脉对个人成长和社会发展具有深远的影响。在家庭传承方面，它能够为家族成员提供丰富的文化资源和精神滋养，帮助他们在成长过程中形成独特的个性和价值观。同时，通过家族文化的熏陶，家族成员能够更好地理解自己的身份和角色，从而在家庭和社会中发挥更加积极的作用。在社会贡献方面，它能够培养出具有深厚文化底蕴和社会责任感的人才。这些人才不仅能够在各自的领域内取得卓越的成就，还能够通过传播和推广家族文化，为社会文化的繁荣和发展作出贡献。此外，他们还能够将家族精神转化为社会行动，积极参与社会公益事业，推动社会的进步和发展。

要建立和维护诗书绵延的家庭血脉，需要从家庭教育、文化传承等多个方面入手。

在家庭教育方面，家长应该注重培养孩子的阅读兴趣和习惯，引导他们从小接触诗书等文化载体。同时，家长还应该通过言传身教的方式，将家族的文化传统和价值观传递给孩子，让他们在潜移默化中接受家族精神的熏陶。

在文化传承方面，家族成员应该共同努力，将家族的历史、传统和故事记录下来，并通过各种形式进行传播和推广。例如，可以编写家族史书、制作家族纪录片、举办家族文化活动等。这些举措不仅能够让家族成员更加了解自己的家族文化，还能够增强他们之间的情感联系和认同感。此外，还可以借助现代科技手段来建立和维护诗书绵延的家庭血脉。例如，可以建立家族网站或社交媒体平台，将家族的文化传统和价值观进行数字化传播。通过在线学习、远程交流等方式，让家族成员更加便捷地接触和学习家族文化。

在当今这个日新月异的现代社会，诗书绵延的家庭血脉不仅没有被边缘化，反而展现出更加独特的价值和意义。它是家庭现代化转型的文化基石，为社会文化的多元性和繁荣性提供了源源不断的活力。

诗书绵延的家庭血脉是家庭现代化转型的宝贵财富。在快速变化的社会环境中，家庭面临着诸多挑战，如代际沟通障碍、价值观冲突等。而诗书作为家族文化的载体，其深厚的文化底蕴和代代相传的智慧，为家庭成员提供了共同的语言和情感的纽带。通过学习和传承诗书，家庭成员能够更好地理解彼此，增进沟通和理解，从而更加和谐地应对现代社会的各种挑战。

诗书绵延的家庭血脉是社会文化繁荣的源泉。一个充满活力和创造力的社会，必然是一个文化多元、兼容并蓄的社会。而家庭作为社会的基本单元，其文化传统的多样性和丰富性，为社会文化的繁荣提供了坚实的基础。诗书绵延的家庭血脉，不仅传承了家族的智慧和情感，还融入了社会的多元文化和时代精神，为社会文化的创新和发展提供了源源不断的灵感和动力。

诗书绵延的家庭血脉对个人的成长和发展具有深远的意义。在现代社会中，个人面临着越来越多的选择和压力。而家庭作为个人的精神港湾，其文化传统和价值观能够为个人提供强大的精神支持和动力源泉。诗书作为家族文化的精髓，其蕴含的智慧和人生哲理，能够引导个人在成长道路上找到正确的方向，培养坚韧不拔的品格和积极向上的精神风貌。

营造好家庭

第三编

中国式现代化进程中家庭建设的实践探索

在中国式现代化的宏伟蓝图中，家庭作为社会最基本的细胞，也是人们生活的港湾，一个幸福的家庭可以为人们带来无尽的温暖和快乐，其建设与发展不仅关乎每个家庭成员的幸福安康，更是社会和谐稳定与国家繁荣富强的基石，如何用正确的方法建设自己的家庭，是值得每个人一生思考和探索的问题。随着时代的变迁，家庭面临着前所未有的新矛盾与新情况，但同时也孕育着新特点与新气象。探索符合时代要求的家庭建设实践途径，对于厚植中华文化底蕴、创新发展家庭观念、促进社会全面进步具有重要意义。本章将深入剖析家庭建设在中国式现代化进程中的实践探索，为构建更加和谐美满的家庭生活提供有益参考。

第一节 家庭建设面临的新矛盾和新情况

在全球化和信息化的浪潮中，中国家庭建设遭遇了多重挑战。首先，经济的快速发展和社会结构的变迁使得家庭成员之间的角色和关系发生了变化。传统的家庭结构和功能受到冲击，父母与子女之间的代沟加深，夫妻关系也因工作压力和个人追求而变得复杂。其次，现代科技的普及，尤其是互联网和社交媒体的兴起，改变了人们的交流方式，也对家庭成员间的亲密关系构成了威胁。此外，随着人口老龄化的加剧，养老问题、家庭关系、家庭经济、家庭结构等成为家庭建设中不可忽视的新矛盾。

一、新矛盾

（一）代际沟通障碍的深化

在信息爆炸的当下，代际间的沟通障碍如同一道隐形的墙，悄然影响着无数家庭的和谐。

在信息爆炸的当下，代际间的沟通障碍如同一道隐形的墙，悄然影响着无数家庭的和谐。以近年来几则备受关注的新闻事件为例，我们可以更深刻地理解这一矛盾。

首先，回顾2020年疫情期间，一位上海老人在社区团购中因不熟悉智能手机操作而难以购买到生活必需品，最终不得不向邻居求助。这一事件迅速在网络上引起热议，它不仅仅是技术使用上的难题，更是代际沟通障碍的缩影。老人在数字时代中的无助，映射出年轻一代与长辈之间在信息获取能力上的巨大鸿沟。

再来看教育领域，近年来频发的“家长群风波”也是代际沟通障碍的集中体现。某地区一位家长因不满老师在微信群中公开批评孩子，与老师发生激烈争执，甚至引发了社会舆论的广泛关注。这一事件背后，是不同年代人群在教育理念上的深刻分歧。年轻一代人强调尊重孩子个性、注重心理健康，而部分老一辈人则更看重纪律与成绩，两者之间的碰撞，让教育的路径变得复杂而艰难。

此外，社交媒体上的“数字代沟”也屡见不鲜。年轻人热衷于在抖音、微博等平台上分享生活点滴，而父母辈则可能对此感到陌生甚至排斥。这种差异不仅体现在技术使用上，更在于对生活方式、价值观的理解与认同上。当子女在虚拟世界中寻找共鸣时，父母可能因无法融入而感到孤独与失落。

这些真实发生的新闻案例，如同一面面镜子，映照出代际沟通障碍的严峻现实。它们提醒我们，在享受信息化带来的便利的同时，也要关注家庭成员之间的情感交流与理解。只有通过加强沟通、增进互信，才能跨越代际鸿沟，共同构建一个和谐美满的家庭环境。

（二）工作与家庭平衡难题

随着社会经济的快速发展，职业竞争日益激烈，越来越多的家庭选择双职工模式以应对生活压力。然而，这一选择也带来了前所未有的挑战——如何在繁忙的工作与家庭照顾之间找到平衡点，成为许多家庭面临的普遍难题。

每天，当城市的第一缕阳光还未完全照亮大地，人们就已经踏上了各自的征途：私企工作者处理着公司里堆积如山的文件，参加各种会议，还要时刻关注市场动态，确保团队的方向不偏航；医护人员在医院里忙碌着，手术、查房、会诊，每一项工作都关乎患者的生命健康，容不得半点马虎；人民教师站在三尺讲台，承载无数孩子的梦想与希望，需要备课、讲授、阅卷，确保每一个孩子在学习中茁壮成长……每个人都在各自的岗位忙碌着，脚步从未停歇。

但伴随而来的问题则是父母对小孩成长教育的分心。有的孩子正处在青春期，正是需要父母引导和陪伴的关键时刻，但现实是，由于现代化社会下工作量的增大，事业经济上带来的压力，导致孩子经常一个人放学回家，面对的只有空荡荡的房间和冰冷的饭菜。

孩子渴望父母的关心，期望与父母分享学校的趣事，探讨未来的梦想，更渴望当遇到了挫折，心情低落到了极点时，能得到一些安慰和鼓励。但现实情况是，往往只能在周末的短暂时光里，与父母匆匆交流几句，甚至有时得来的只有匆忙的应答和疲惫声音。

这种情况并不偶然，甚至出现在各个打工家庭。面对孩子的求助、孤独和无助，父母不妨思考，自己的工作究竟是为了什么？是为了给孩子一个更好的未来，还是让他在成长的道路学会独立前行？

我们不妨调整自己的生活方式和工作节奏，学会说“不”，拒绝一些不必要的加班和应酬；学会规划时间，确保每周都能有固定的家庭时光；学会倾听，耐心听孩子讲述自己的喜怒哀乐，给予足够的关爱和支持。

工作与家庭的失衡，是许多双职工家庭的缩影。在职业竞争加剧的今天，工作与家庭的平衡成了一个普遍难题。但只要我们愿意付出努力，用心去经营家庭，就一定能够找到那个属于自己的平衡点。毕竟，家是我们最温馨的港湾，是我们无论多忙多累都要回去的地方。

（三）精神文化需求升级

家庭作为社会的基石，其精神文化需求正经历着前所未有的升级与变革。

在中国社会快速现代化的背景下，家庭作为社会的基石，其精神文化需求正经历着前所未有的升级与变革。这一变化不仅反映了人们物质生活水平的显著提高，更深层次地揭示了人们对精神层面追求的多元化和个性化趋势。

首先，随着教育普及程度的提高和人们知识结构的优化，家庭成员对精神文化的认知与需求不再局限于传统的娱乐消遣，而是更多地转向了对知识、艺术、哲学等领域的深入探索。他们渴望通过多样化的文化活动来拓宽视野、提升自我，实现个人价值的全面发展。这种需求升级不仅体现在对高质量文化产品的渴求上，还体现在对文化体验的深度和广度的追求上。

然而，与这种日益增长的精神文化需求形成鲜明对比的是，优质文化资源的分配却存在着严重的不均衡。一方面，大城市和发达地区由于经济实力雄厚、文化底蕴深厚，往往能够汇聚更多的文化资源，为当地居民提供丰富多样的文化选择；而另一方面，中小城市、农村地区以及经济欠发达地区则面临着文化资源匮乏、文化活动单一等困境，难以满足当地居民的精神文化需求。

当下，从脱贫攻坚到乡村振兴，党和政府在加强基层基础设施建设方面投入很大，已经达到了非常高的水平，就长沙地区而言可以说村村都有自己的村民文化阵地。位于湘赣边区的千年古村石霜村，人口两千多，依托唐代古村优势，打造了“千年石霜剧场”。当地村民把当地的湘剧文化、佛教文化、红色文化进行整合，自编自排自演一场戏，丰富了石霜文化内蕴。该村还有两家年产值过亿元的烟花爆竹企业，村民不用背井离乡就可以实现在家门口就业。在“光影文旅”第二届长沙微电影大赛中获得二等奖的微电影《归》，该微电影演是由浏阳市金刚镇石霜村村干部黎春华号召多名村民参演，湖南艺术职业学院学生演员一起拍摄。 村干部带领村民演电影，充分彰显了乡村文化的底蕴和乡村迫切需要人才回归的愿望。 也是丰富村民的家庭精神文化的大胆创新。

此外，随着信息技术的飞速发展，互联网在为人们获取文化资源提供了前所未有的便利的同时也带来了新的问题。信息爆炸导致文化内容良莠不齐，人们在享受海量信息的同时，也面临着筛选有价值内容的挑战。同时，网络文化的碎片化、浅表化特点也在一定程度上削弱了人们对深层次文化内容的追求与理解。

因此，精神文化需求的升级与优质资源分配不均之间的矛盾日益凸显，成为当前社会面临的一个重要问题。为了缓解这一矛盾，我们需要从多个方面入手。政府应加大对文化事业的投入力度，推动文化资源的均衡分布和共享；同时，鼓励和支持文化创新，提高文化产品的质量和内涵；此外，还应加强文化教育，提升公众的文化素养和审美能力，引导人们形成健康向上的文化消费观念。只有这样，我们才能共同构建一个充满活力、和谐美好的精神文化家园。

（四）老龄化与少子化并存

在时代的洪流中，中国正经历着一场前所未有的社会变革。老龄化与少子化，这两个看似对立的现象，却如同双生子一般，紧密地交织在一起，深刻地影响着每一个家庭，乃至整个社会的未来走向。

近年来，中国的老龄化问题日益凸显，成为社会各界关注的焦点。《中国老龄化报告2024》的发布，更是为我们敲响了警钟。报告显示，中国已经迈入了“深度老龄化”社会，65岁及以上人口的占比已经超过了14%，这一数据在未来几十年内还将持续攀升。预计到2030年，中国的老年人口占比将超过20%，正式步入超级老龄化社会的行列。而与此同时，生育率的持续下滑，又让少子化现象愈发严重。老龄化和少子化是我国人口结构的显著特征。

老龄化的加速，给中国社会带来了诸多挑战。首先，家庭养老的负担显著加重。在传统观念中，家庭是养老的主要依靠，但随着独生子女政策的实施和生育率的下降，许多家庭都呈现出“4-2-1”家庭结构模式，即四位老人、两位中年人和一个孩子。这样的家庭结构，使得中年夫妇在照顾老人和孩子之间疲于奔命，既要承担繁重的工作压力，又要兼顾家庭的日常琐事，经济和心理压力都达到了前所未有的高度。特别是当老人需要长期护理时，家庭成员更是感到力不从心。

而少子化现象的出现，则进一步加剧了这种压力。由于孩子数量的减少，每个家庭对孩子的教育投入都显著增加，希望能够在激烈的竞争中为孩子争取到更好的未来。这不仅导致了教育资源的紧张，还引发了家长之间的“教育军备竞赛”，进一步推高了教育成本。同时，少子化也导致了劳动力市场的变化，年轻劳动力的相对减少，使得社会对于老年人的依赖程度进一步加深。

然而，老龄化与少子化并存的现象，并非只有挑战，也孕育着新的机遇。它促使我们重新审视家庭建设和社会政策的重要性，推动我们进行创新和改革。在家庭层面，我们需要更加注重代际之间的沟通与理解，共同承担家庭责任和义务，营造温馨和谐的家庭氛围。在社会层面，我们需要加大对养老服务和教育资源的投入力度，完善相关政策法规，确保老年人和儿童的基本权益得到保障。同时，我们还需要倡导尊老爱幼的社会风尚，促进不同年龄段人群之间的交流与融合，形成全社会共同关注老龄化与少子化问题的良好氛围。

在这个过程中，政府扮演着至关重要的角色。政府需要制定更加科学合理的政策来应对老龄化与少子化带来的挑战。例如，可以通过完善养老服务体系、提高养老金支付水平、加强医疗服务等措施来减轻家庭养老的负担；同时也可以通过优化教育资源配置、推进教育公平等措施来应对少子化带来的教育资源紧张问题。此外，政府还需要加强社会保障体系的建设和完善，为老年人提供更加全面、优质的服务和保障。

老龄化与少子化并存的现象是中国社会面临的重大挑战与机遇。只有通过政府、社会和家庭的共同努力和协作才能够克服这些困难并抓住机遇推动社会进步和发展。

（五）家庭关系的压力

现代家庭关系受到多方面的压力，包括财产纠纷、赡养、抚养问题、婚外情等，这些都可能导致家庭关系的紧张和破裂。

笔者亲历了这个位于湘赣边两省三市交界处的家庭。谢某与李某在2006年生下一女孩，2008年又生下二胎女孩，二胎女孩是脑瘫患者，2012年又生下一男孩。三个孩子对于一个普通农户家庭来说，经济压力、养育压力巨大，何况二女儿还是脑瘫患者。

于是，李某逃避家庭责任，离家出走，就这样一走了之。谢某一个农村弱女子靠在家中做些手工烟花爆竹原材料的加工为生，独自承担了养育三个儿女的重任。

更让人不可思议的是，谢某与李某没有履行法律上的结婚手续，因为父亲李某的出走，15岁脑瘫二女儿户口都不能上，当地政府为谢某与其脑瘫女儿做了亲子鉴定后才上了户口……因此，像这种家庭，对个人、对社会、对政府等都是一种“压力”。

（六）家庭经济的挑战

一方面是单亲家庭和农村老龄家庭面临的返贫问题日益突出，经济压力成为这些家庭面临的主要挑战之一。二是社会上层人士，家庭经济观念扭曲。

国家纪检监察部门已经查处了不少家风不正的官员，其中官员与其亲属都存在腐败行为的不在少数，这就是当前社会飞速发展给家庭经济带来的挑战。因为这些家庭不像贫困家庭一样还处在为温饱忧心的阶段。他们直接面对大财富、大的经济问题的考验。比如，海南省某市委原书记张某，就存在家风败坏、伙同家人大肆敛财、大搞权钱交易等问题。反腐专题片《零容忍》就提到，在权钱交易途径上，张某受贿的1亿余元中，本人直接收受的不到200万元，其余都是通过妻子儿子来收受的。而且，张某的妻子钱女士早年就下海经商，党的十八大之后，中央明令禁止领导干部子女及其配偶在其管辖范围内经商办企业，张某安排妻子表面上和公司撇清关系，实际上藏身幕后控制。张某后来忏悔道："妻子也好，儿子也好，始作俑者都是我，管家治家的失败，也是失教。" 这其实是扭曲的家庭经济观。

（七）养老和育儿的挑战

随着人口老龄化的加剧，居家养老和照料老人成为城乡家庭的普遍压力。同时，照顾儿童也是家庭面临的一个重要问题。育儿观念的误区。家长在育儿观念上存在一些误区，如溺爱或忽视儿童的情感需求，这影响了少年儿童的全面发展。

"生而不养，父母之罪；养而不教，父母之祸；教而无方，父母之过"

"生而不养，父母之罪；养而不教，父母之祸；教而无方，父母之过"，经济社会飞速发展对家庭育儿造成了巨大的压力，父母忙于工作，无暇顾及孩子，造成孩子叛逆，早熟，混迹社会。我们总认为，只要孩

清 黎简 《教子图轴》

子成绩好，孝顺父母，尊敬师长，关心同学，善待他人，品行端正，举止文明，乐于助人就可以了，没必要把家风弄得那么复杂，搞得跟上大学似的。当然，从表面上看确实如此，但仔细分析却并非完全如此。例如那些坏事做尽，道德败坏，违法犯罪，违背公序良俗的富二代、官二代。这样的情况很常见。为什么？因为现在已经是信息时代，网络充斥着我们生活的每个角落，再加之很多父母都溺爱自己的子女，对子女缺乏起码的约束，才导致部分青少年失去了判断力，为所欲为。比如2024年中考当日网络上曝光了浏阳市某中学初中毕业生殴打同班同学的血腥场面，就如同一部电影大片中的黑社会性质组织。

很多父母都溺爱自己的子女，对子女缺乏起码的约束，才导致部分青少年失去了判断力，为所欲为。

二、新情况

（一）互联网+家庭

在21世纪的科技浪潮中，互联网如同一股不可阻挡的力量，深刻地改变着我们的家庭生活。最新《中国互联网络发展状况统计报告》显示，我国网民规模已超过10亿，其中手机网民占比高达99.6%，这意味着几乎每一个家庭都已与互联网紧密相连。

1. 技术革新：智能生活的新篇章

智能家居的普及，是“互联网+家庭”最直观的体现。从智能音箱到全屋智能系统，这些科技产品正逐步渗透到每一个家庭之中。据某知名市场调研机构报告，中国智能音箱市场年复合增长率超过50%，预示着智能家居市场的蓬勃生机。通过简单的语音指令，家庭环境便能根据个人偏好和需求进行智能调节，无论是调节室内温湿度，还是播放喜爱的音乐，都变得轻而易举。这种便捷性不仅提升了居住体验，更促进了家庭成员间的协作与共享，如父母利用智能音箱为孩子播放睡前故事，不仅增进了亲子关系，也让家庭氛围更加温馨和谐。

2. 教育革命：知识无界地传递

在线教育平台的兴起，则是“互联网+家庭”在教育领域的深刻变革。疫情期间，全国超过2亿中小学生转战线上学习，这一前所未有的大规模实践，不仅打破了地域限制，让优质教育资源得以广泛传播，也促使家庭成为学习的新阵地。家长们开始更加积极地参与到孩子的学习过程中，共同探索适合的家庭教育模式。这种变化不仅考验着家庭成员的自律性和时间管理能力，也促进了家庭成员间的相互理解和支持，共同构建了一个学习型家庭。

3. 沟通无界：情感纽带的强化

社交媒体与即时通信工具的广泛应用，为家庭成员之间的沟通搭建了无界限的桥梁。微信、抖音等平台几乎覆盖了所有年龄段的人群，成为家庭成员分享生活、传递关爱的重要渠道。无论身处何地，只须轻轻一点，便能将思念与关怀送达至亲之人。这种即时的沟通方式，不仅增强了家庭凝聚力，也让家庭成员在快节奏的生活中找到了归属感。然而，随之而来的信息过载和隐私泄露问题也不容忽视，需要家庭成员共同提高警惕，维护网络安全。

4. 消费升级：新零售模式下的家庭支出

互联网还深刻影响着家庭消费模式。从传统的线下购物到线上线下融合的新零售模式，消费者享受着更加便捷、个性化的购物体验。这种变化不仅改变了家庭的经济支出结构，也对家庭成员的消费观念和理财能力提出了新的要求。在享受购物乐趣的同时，家庭成员需要更加理性地规划支出，培养健康的消费习惯。

5. 人文关怀：科技背后的温暖力量

“科技改变生活，但人心温暖如初。”这句话深刻揭示了“互联网+家庭”背景下科技发展与人文关怀的辩证关系。在享受科技带来的便利的同时，我们更应珍惜和传承家庭中的温情与关爱。科技是工具，而非目的；它应成为促进家庭和谐与幸福的强大动力，而非疏离亲情的屏障。因此，面对互联网+家庭的新情况，我们需要保持开放的心态和敏锐的洞察力，积极适应并引领这一变革潮流，共同创造一个更加美好、和谐的家庭生活。

我们需要保持开放的心态和敏锐的洞察力，积极适应并引领这一变革潮流，共同创造一个更加美好、和谐的家庭生活。

在互联网与家庭日益深度融合的今天，我们正见证着一场前所未有的生活变革。这场变革不仅仅是技术上的飞跃，更是情感、教育、消费等多个层面的深刻重塑。智能家居的便捷、在线教育的普及、沟通工具的无限拓展、新零售模式的兴起，以及科技背后不变的人文关怀，共同绘制了一幅幅温馨而多彩的家庭生活画卷。

面对这些新情况，我们既要拥抱科技的力量，充分利用其带来的便利与效率，又要时刻铭记家庭的温暖与情感的价值。科技是工具，旨在服务于人的全面发展与家庭幸福，而非取代或削弱我们之间的亲情纽带。因此，我们应以更加开放的心态，不断学习新知识，掌握新技能，同时也要坚守传统家庭美德，加强情感交流与沟通，共同营造和谐、健康、幸福的家庭氛围。

（二）绿色生态与家庭环保行动

在全球环保意识的推动下，中国现代化家庭建设正积极融入绿色生态理念，通过一系列实际行动践行环保责任。这一趋势不仅体现了家庭成员对环境保护的深刻认识，也展示了现代家庭在推动社会可持续发展中的重要作用。

1. 绿色家居的普及

随着环保意识的增强，绿色家居产品逐渐成为现代家庭的首选。这些产品包括使用环保材料制成的家具、低能耗的家电以及具有空气净化功能的家居装饰等。据市场研究机构的数据，近年来绿色家居产品的销售额持续增长，年增长率保持在较高水平。这一趋势表明，越来越多的家庭愿意为环保付出实际行动，选择绿色、健康的生活方式。

2. 可持续生活方式的倡导

现代家庭越来越注重可持续生活方式的实践。他们通过减少浪费、节约用水用电、选择环保出行方式等措施来降低对环境的影响。他们拒绝一次性餐具，转而使用可重复利用的购物袋和水杯；在出行时，更多地选择步行、骑行或公共交通工具，以减少碳排放。这些看似微小的举动，实则汇聚成了推动社会可持续发展的强大力量。

3. 家庭绿色教育的实施

“教育一个孩子，影响一个家庭，带动整个社会。”这句话在家庭绿色教育中得到了深刻体现。家庭是孩子成长的第一课堂，家庭绿色教育的实施对于培养孩子的环保意识和行为习惯至关重要。现代家庭越来越注重将环保知识融入孩子的日常生活中，通过讲述环保故事、参与环保活动等方式激发孩子的环保兴趣。同时，家长也会以身作则，

“教育一个孩子，影响一个家庭，带动整个社会。”

通过自己的行为示范来引导孩子养成良好的环保习惯。这种家庭绿色教育的实施不仅有助于培养孩子的环保责任感，也为他们未来的成长奠定了坚实的基础。

4. 社区环保合作的加强

社区作为家庭与社会的桥梁，在推动家庭环保行动中发挥着重要作用。现代社区越来越注重与家庭之间的合作，共同开展环保活动。例如，社区会组织居民参与垃圾分类、植树造林等公益活动，增强居民的环保意识。同时，社区还会为家庭提供环保咨询和服务，帮助他们解决在环保过程中遇到的问题和困难。这种社区环保合作的加强不仅促进了家庭与社区之间的交流与互动，也推动了整个社会的环保事业发展。

5. 科技创新助力家庭环保

科技创新为家庭环保提供了强有力的支持。现代家庭越来越注重利用科技手段来实现环保目标。例如，智能家居系统可以通过智能控制家电设备的使用时间和功率来实现节能减排；智能垃圾分类系统可以通过图像识别技术来提高垃圾分类的准确性和效率。这些科技创新不仅提高了家庭环保的效率和水平，也让环保行动变得更加便捷和智能。

在全球环保浪潮的推动下，中国现代化家庭正以绿色生态为引领，绘就一幅幅生动的家庭环保行动画卷。从绿色家居的普及到可持续生活方式的深入实践，从家庭绿色教育的种子播撒到社区环保合作的蓬勃兴起，再到科技创新为环保赋能，每一个细微之处都闪耀着家庭成员对美好家园的热爱与守护。

这些行动不仅是个人对环保责任的勇敢担当，更是家庭作为社会基本单元，在推动绿色转型、促进可持续发展方面的重要贡献。它们汇聚成一股不可忽视的力量，引领着社会风尚的转变，激励着更多人加入环保的行列中来。

（三）家风建设：现代家庭的精神支柱

在中国传统文化中，家风被誉为“家庭之魂”，是家庭文化的精髓所在。正如古人云：“积善之家，必有余庆；积不善之家，必有余殃。”这句古训深刻揭示了家风对于家庭兴衰的深远影响。随着社会的不断发展和进步，现代家庭越来越注重家风建设，将

“积善之家，必有余庆；积不善之家，必有余殃。”

其视为家庭精神传承和发展的重要基石。

1. 传统与现代的融合

现代家庭在继承传统优良家风的基础上，积极融入现代社会的价值观念。据统计，近年来，越来越多的家庭在春节期间举办“家风家训”主题活动，通过书写春联、讲述家族故事等形式，传承尊老爱幼、诚实守信等传统美德。同时，他们也倡导平等、开放、包容的现代家庭观念，如“家庭会议”制度在许多家庭中兴起，成为家庭成员沟通思想、解决问题的重要平台。

2. 家风教育的重视

“教育始于家庭。”这句话在现代家庭中得到了生动的体现。家庭成员们深知，良好的家风是子女健康成长的土壤。因此，他们通过言传身教、故事讲述等方式，向子女传授家族的历史、文化和传统。一项调查显示，超过80%的现代家庭会定期与子女分享家族故事，这些故事不仅增进了亲子关系，也让孩子在潜移默化中接受了家风教育。

3. 家风文化的传承与创新

每个家庭都有其独特的家风文化，这些文化通过代代相传成为家族的精神财富。现代家庭在传承家风文化的同时，也注重对其进行创新和发展。例如，一些家庭将家风文化与现代科技相结合，通过制作家庭相册、录制家族纪录片等方式，生动展现家族的历史和风采。这些创新性的举措不仅丰富了家风文化的内涵和形式，也使其更加符合现代社会的需求和审美标准。

4.家风建设的多元化

现代家庭的家风建设呈现出多元化的特点。不同家庭根据自身的情况和需求，制订了不同的家风建设目标和计划。有的家庭注重培养孩子的才艺和技能，如音乐、绘画等；有的家庭则更加注重孩子的品德教育和心理健康。此外，一些家庭还积极参与社区服务、慈善捐赠等公益活动，将家风建设与社会责任相结合。这些多元化的家风建设方式不仅促进了家庭成员的全面发展，也增强了家庭的社会影响力。

5.家风建设的持久性

“不积跬步，无以至千里；不积小流，无以成江海。”这句名言告诫我们，家风建

“不积跬步，无以至千里；不积小流，无以成江海。”

设需要持之以恒的努力。现代家庭深知这一点，他们通过制定家规家训、定期召开家庭会议等方式，加强家庭成员之间的沟通和协作，共同推动家风建设的深入发展。同时，他们还注重家风建设的连续性和稳定性，确保家风文化能够代代相传、永不褪色。

综上所述，现代家庭越来越注重家风建设，将其视为家庭精神传承和发展的重要基石。通过传统与现代的融合、家风教育的重视、家风文化的传承与创新、家风建设的多元化以及家风建设的持久性等多方面的努力，现代家庭正逐步构建起符合时代需求、具有鲜明特色的家风文化体系。这不仅有助于提升家庭成员的道德素质和文化素养，也为社会的和谐稳定和繁荣发展作出了积极贡献。

第二节 家庭建设出现的新特点和新气象

面对新矛盾和新情况，中国家庭建设展现出了一系列新的特点和气象。首先是家庭成员之间的平等意识增强，尤其是女性地位的提升，促进了家庭内部的民主和谐。同时，家庭教育观念的更新，越来越多的家长开始重视孩子的全面发展而非单一的学业成绩提高。此外，随着生活节奏的加快，家庭的生活方式也在发生变化，简约、环保、健康成为新的生活追求。家庭成员之间的互助和支持也成为新时代家庭建设的亮点。

在中国式现代化的进程中，主要从以下三大方面探究家庭建设出现的新特点和新气象。

一、家庭成员平等意识的提升

随着社会的进步和文化的发展，现代家庭中成员间的平等意识得到了显著提升。这种变化不仅体现在性别角色的逐渐平衡上，还体现在代际关系和权力分配上的更加公正。下文将探讨这一新特点对家庭建设的影响及其带来的新气象。

（一）社会文化进步

在全球化和信息化的背景下，传统的性别角色和家庭模式受到挑战。教育普及和法律保障为家庭成员间平等意识的提升奠定了基础。

（二）性别角色的平衡

现代家庭中，男性和女性的角色不再像过去那样刻板。一方面，随着女性地位的提高，越来越多的女性参与到职场竞争中，并追求事业的成功，开始在社会中扮演着越来越重要的角色。另一方面，越来越多的男性开始重视家庭和孩子的照顾，开始承担起更多的家务和育儿责任。

随着时代的变迁和社会的发展，女性开始逐渐获得更多的权利和机会。她们开始接受高等教育、参与社会活动、投身职场，逐渐取得了与男性平等的地位。她们的独立性和自主性得到了广泛认可和尊重，成为了社会中坚力量。无论是在企业高管、科研团队、医疗机构，还是学校讲堂，女性身影的出现频率越来越高，她们凭借独特的视角、创新的思维、细腻的洞察力、卓越的专业素养，向世界展示了女性的实力和智慧。

其次，现代社会中，男性在育儿中积极参与的现象越来越普遍，越来越多男性意识到育儿不仅是女性的责任也是自己的责任，他们开始主动参与孩子的生活与教育，与妻子分担家庭责任，这种转变不仅让孩子成长过程更加美满，也使家庭更和睦幸福。

男性在育儿中积极参与的现象越来越普遍，越来越多男性意识到育儿不仅是女性的责任也是自己的责任。

他们用自己的行动证明了，无论男女，都有能力在职业和家庭之间找到平衡点，共同承担起家庭和社会的责任。这种变化不仅有助于促进家庭的和谐与幸福，也有助于推动社会的进步与发展。

（三）代际关系平等化

随着人口老龄化程度的不断加深、三孩

家庭的增加，中国城市家庭结构发生了深刻变化。在养孩经济压力增大、育儿公共托幼机构缺乏的背景下，双职工家庭的父辈寻求祖辈参与家庭合作育儿成为了家庭教育中的“新常态”，这种变化不但减轻了家庭压力，且促进了代际关系平等化。

国际长寿中心发布的报告显示，因当下快速的社会节奏以及较大工作和加薪压力，造成了年轻人难以维持事业与家庭的平衡，育儿成为了家庭中不得不面对的问题。为解决这一问题，祖父母为孙辈提供托儿服务成为当下家庭的普遍选择。

国外、国内研究者均强调，祖辈拥有丰富的教养经验、充沛的抚育时间、平和的人生态度，这些因素能够促进幼儿更健康地成长。祖辈与父辈合作育儿可以有效减轻年轻家庭的压力，为时间贫乏的母亲和父亲填补家庭活动中的空白，为年轻父母培养下一代方面发挥着越来越大的作用。

不同家庭有不同的合作方式。有些家庭中，祖辈完全退出孙辈的社会性教育领域，只负责饮食健康、家务琐事，确保家中生活起居稳当；也有些家庭代际育儿观念和行为差异较大，双方互不相让，代际冲突较为频繁。我们要看到代际分工的多样性，通过不同情况，有意识地选择恰当分工方式，这就需要家庭成员不断进行科学育儿知识的学习。

在代际合作育儿情境下，代际学习作为一种非正式学习方式，通过祖辈与父辈之间的沟通、交互、体验，促进了两代人之间在合作育儿领域的相互反思与协作，提升了两代人合作育儿的成效，这种和谐的教育氛围不仅有利于孩子的全面发展，也为家庭成员之间的情感交流和理解提供了良好的平台。

（四）权力关系的公正

在一个典型的现代家庭中，父母与子女之间的权力关系不再是传统的单向控制，而是逐渐趋向于民主、协商和共享。这种转变体现了家庭权力关系的公正性，即每个家庭成员都有权表达自己的意见和需求，并在家庭决策中得到合理的考虑。

马克·吐温身为美国著名现实主义作家，他经历了美国从“自由”资本主义到帝国主义的发展过程，其思想和创作的发展阶段也表现为从轻快调笑到辛辣讽刺再到悲观厌世。他的文字充满了对资本主义社会各种丑恶现象的辛辣嘲讽。

但他在生活中却有着不为人知的另一面。他是三个女儿的父亲，并将她们当作掌上明珠。他对孩子的教育就像他写的小说一样充满了幽默、轻松的趣味，却没有冷漠和尖锐，他们的家庭生活中常常充满笑声，洋溢着温馨。

从女儿开始懂事时，每当他写作累了就叫来女儿，让她们坐

马克·吐温

在自己的椅子扶手上，给她们讲故事。故事的题目由女儿选择，她们常不假思索地拿起画册，让父亲根据上面画的人或动物即兴编故事。

对于马克·吐温来说编出一段生动的故事虽然毫不费力，但是每次他都非常认真，从不敷衍。

马克·吐温是位很特别的父亲，他与孩子们之间始终保持着一种平等、民主和相互尊重的关系。在平时的相处中他让孩子们拥有选择的权利，给予孩子充分的自尊，让孩子有被尊重的意味，因为只有孩子感受到足够的尊重后，才能学会理解、尊重父母和其他人。不论是成年人还是儿童，只有被当作独立的个体，才会敢于表达自己的看法，努力做自己人生的主人。

给予孩子充分的自尊，让孩子有被尊重的意味，因为只有孩子感受到足够的尊重后，才能学会理解、尊重父母和其他人。

家庭成员平等意识的提升是家庭建设中的新气象，它有助于建立更加和谐的家庭关系，促进家庭成员的个人发展。为了进一步推进家庭成员间的平等，需要加强教育普及，提高公众对平等重要性的认识；完善相关法律法规，确保每个家庭成员的权利得到保护；鼓励家庭成员间的开放沟通，消除误解和偏见。

二、教育观念的变革

在快速变化的社会环境中，教育观念经历了深刻的变革。现代家庭越来越重视素质教育和个性化培养，不再单一追求分数和学术成就。这一变革对儿童的成长环境和未来的发展具有深远的影响。本文旨在分析教育观念变革下的家庭建设新特点及其带来的积极气象。

（一）教育观念变革的背景

1.社会需求的转变。21世纪的社会对个体能力的要求不再局限于书本知识，更注重创新能力、批判性思维和社交技能等综合素养。

2.教育理念的更新。随着教育研究的深入，家长和教育工作者开始认识到每个孩子都是独特的个体，应该根据他们的特点提供适宜的教育环境。

3.家庭经济条件的改善。随着家庭经济条件的改善，家长对子女的教育投入不断增加。他们不仅关注子女的学业成绩，还关注子女的全面发展，包括身心健康、兴趣爱好等方面的培养。这种变化也促使教育观念向更加全面和多元的方向发展。

4.信息技术的快速发展。信息技术的快速发展为教育提供了更多的可能性和选择。在线教育、远程教育等新兴教育模式的出现打破了传统教育的时空限制，使得教育更加便捷和高效。同时，科技手段也被广泛应用于教育过程中，如数字化教学平台、人工智能辅助教学等，这些技术的应用推动了教育观念的变革。

（二）教育观念变革下的家庭建设新特点和气象

教育观念的变革带来了家庭建设的新特点和新气象，这些变化有助于培养更加全面和有创造力的下一代。为了更好地适应这一变革，家长应持续更新教育知识，采用科学的育儿方法；政府和社会应提供多样化的教育资源和环境，支持家庭实施多元化教育；学校和教育机构也应调整教学方案，注重培养学生的个性和创新能力。通过共同努力，我们可以为孩子们构建一个更加丰富多彩的成长环境。

家庭建设在现代社会中呈现出了新的特点和气象，其中教育观念的变革尤为显著。随着社会的不断进步和科技的飞速发展，人们对于教育的认识和态度也在发生着深刻的变化。本文将以论文形式，通过事实案例分析，生动地探讨这一现象。

现代家庭建设中的教育观念变革主要体现在以下几个方面。

从应试教育向素质教育转变。过去，家庭教育往往以考试成绩为导向，家长对孩子的教育投入主要集中在提高分数上。然而，随着人们对教育本质的重新认识，越来越多的家庭开始重视孩子的全面发展，注重培养孩子的创造力、批判性思维和社会责任感。

“双减”政策的全面落实，其实就是素质教育的一种进步，是应试教育的“破冰行动”。

“双减”政策的全面落实，其实就是素质教育的一种进步，是应试教育的“破冰行动”。当前湖南的中小学就把特长兴趣课程和文化课程双结合上，一方面满足了家庭对孩子全面发展的期望，另一方面文化课程也没有落下。这其实促进了家庭教育从知识传授向能力培养的转变。传统的家庭教育模式强调知识的灌输，而现代家庭更加关注孩子能力的培养。家长们开始意识到，面对未来社会的不确定性，培养孩子的学习能力、适应能力和解决问题的能力更为重要。

从权威式教育向民主式教育转变。以往，家长在家庭教育中扮演着权威的角色，孩子的意见和建议往往被忽视。现代家庭倡导民主式的教育方式，鼓励孩子表达自己的观点，尊重孩子的个性和选择，从而培养孩子的独立思考和自主决策能力。

现代家庭倡导民主式的教育方式，鼓励孩子表达自己的观点，尊重孩子的个性和选择，从而培养孩子的独立思考和自主决策能力。

按照马斯洛需求层次理论，从层次结构的底部向上，人的需求分别为：生理需要（食物和衣服）、安全需要（工作保障）、社交需要（友谊）、尊重需要和自我实现需要。对现在的孩子而言，前三种基本已得到满足，那么尊重需要就成了他们需求的起点，尊重未成年人不是一个选择而是一个原则。

哈佛大学，作为世界顶级学府，其成功不仅在于其卓越的学术水平和严谨的治学态度，更在于其对于家庭教育的深刻理解与实践。哈佛家训强调尊重与理解、引导与启发、榜样与示范、家庭教育的全面性，这些法则为人们提供了宝贵的家庭教育经验和启示，帮助人们更好地理解并优化家庭教育。

他们认为孩子的成长是一个不断发展和变化的过程，家长需要保持耐心和坚持，不断调整教育策略，以适应孩子的成长需求。

每个孩子都是独一无二的个体，他们拥有自己的天赋和潜能。

在哈佛的教育理念中，每个孩子都是独一无二的个体，他们拥有自己的天赋和潜能，家长作为孩子的引路人，不仅要关注孩子的成绩，更要注意对孩子知识、技能、情感、道德等多方面的培养，关注他们的身心健康、人际交往、情绪管理等方面的能力。在教育中尊重其差异性，激发学生的思考能力和创新精神，并引导孩子探索世界、发现未知、独立思考。这种尊重和理解的态度，能够帮助孩子建立起自我认同和自信，进而在成长的道路上更加坚定和自信。

只有尊重孩子，将他们当作独立的个

体，并在教育中因时制宜、因材施教地调整教育策略，才能培养出具有独立思考能力、创新精神和实践能力的优秀孩子。

我们可以看到现代家庭在教育观念上的变革是积极的，它有助于孩子们的全面发展和个性化成长。这种变革不仅仅是教育方式的改变，更是一种对未来社会需求的前瞻性适应。

总的来说，家庭建设的新特点和新气象在教育观念变革上表现得尤为明显。现代家庭越来越重视素质教育、能力培养和民主式教育，这些变革有助于孩子们在未来社会中更好地生存和发展。通过对事实案例的分析，我们可以看到这种变革带来的积极影响，它不仅促进了孩子们的全面发展，也为家庭和社会的和谐发展奠定了基础。

三、生活方式的转型

家庭建设是社会发展的重要组成部分，随着时代的进步和社会的变迁，家庭建设也面临着新的矛盾和新的情况。其中，生活方式的转型成为当前家庭建设中的一个重要议题。本文将以论文形式，结合事实案例分析，生动地探讨这一话题。

首先，我们需要明确什么是生活方式的转型。在现代社会，随着科技的发展和经济的增长，人们的生活方式正在发生深刻的变化。从传统的以家庭为单位的生产和消费模式，转变为个体化、多样化和便捷化的现代生活方式。这种转型不仅体现在物质层面，如居住环境、交通工具、通信手段的改善，也体现在精神层面，如价值观念、生活态度、休闲方式的变化。

然而，生活方式的转型并非一帆风顺。它给家庭建设带来了新的挑战和矛盾。例如，现代家庭面临着工作与生活的平衡问题。随着工作压力的增大和工作时间的延长，家庭成员之间的相处时间减少，亲子关系和夫妻关系可能因此受到影响。此外，随着互联网和社交媒体的普及，虚拟世界对家庭成员的吸引力增强，可能导致家庭成员之间的沟通减少，情感交流变得肤浅。

面对这些新矛盾和新情况，家庭建设需要采取相应的对策。首先，家庭成员应该意识到工作与生活平衡的重要性，并共同努力寻找解决方案。例如，家长可以尝试调整工作时间，确保有足够的时间与家人相处。其次，家庭成员应该限制使用社交媒体和互联网的时间，增加面对面的交流和活动。此外，家庭教育和社区支持也是促进家庭建设的重要因素。

锦联社区是泰州市姜堰区三水街道的一个大型拆迁安置社区，辖区内有许多留守儿童及陪读家庭，青少年群体数量较大。

随着“双减”政策的实施，孩子们从课外培训班的压力中解脱出来，但放学后如何安排时间成为家长们的新难题。锦联社区积极链接优质资源，建设了集心理咨询室、电子阅览室、图书室、体育馆等功能于一体的“儿童关爱之家”。这个多功能活动阵地为开展课后服务、丰富孩子们的课余生活提供了坚实的基础。社区围绕立德铸魂的目标，结合建党节、国庆节、重阳节等重要节日节气，策划开展了丰富多彩的党史学习教育，让孩子们在参与和展示中滋养爱党爱国爱家的情怀，传承孝老爱亲等传统美德。

针对不同年龄段的孩子，社区还开发了多样化的社本课程。例如，“爱唐诗更爱中国”童韵颂经典系列启蒙课程，激发了学龄前儿童对传统文化的兴趣；“变废为宝，绿色环保”亲子手工系列课程，满足了低年级学生手工制作的需求，并培养了他们的环保意识；“你好，大海！”等户外拓展活动，则引领高年级学生探索自然奥秘。社区积极推行校外辅导站、周末“启明星”公益课堂、寒暑期公益托管班等服务，为家长提供了坚强的后盾。这些公益性托管服务不仅解决了家长们的后顾之忧，也为孩子们提供了一个安全、有趣的学习环境。社区通过提供定制化的服务和活动，得到了家长们的高度认可。据统计，“双减”以来，锦联社区服务家长1800余人次，参与家庭满意率达94.3%。在社区的支持下，孩子们的综合素质得到了显著提升。他们不仅在学业上取得了进步，还在德、智、体、美、劳等方面得到了全面发展。

这个案例充分展示了社区在促进家庭教育方面的重要作用。通过定制化的服务和活动，社区不仅解决了家长们的实际困难，还为孩子们提供了一个良好的成长环境，促进了家庭和社会的和谐发展。

总之，生活方式的转型为家庭建设带来了新的挑战。通过分析具体的案例，我们可以看到这些挑战是如何影响现代家庭的。为了应对这些挑战，家庭成员需要共同努力，寻找平衡工作和生活的方法，限制虚拟世界的使用，增强家庭内部的沟通和联系。只有这样，家庭建设才能在新时代中继续发挥其重要作用，为社会的稳定和发展作出贡献。

第三节 家庭建设要求探索新的实践途径

中国式现代化进程中，家庭建设的实践探索是一个复杂而多维的议题，涉及社会、文化、经济等多个方面。一是人口负增长和“少子老龄化”趋势对家庭结构和功能提出了新的挑战。二是随着经济社会的快速发展，家庭成员的职业角色和个人发展需求与家庭责任之间的平衡变得更加困难。三是传统家庭价值观与现代价值观念的冲突，如个人自由与家庭责任的权衡。四是城乡差异、区域发展不均衡导致的家庭生活方式和资源配置的差异。

为了应对新矛盾和新情况，家庭建设亟须探索新的实践途径。首先，家庭成员之间需要建立更加开放和包容的沟通机制，以缩小代沟，增强家庭凝聚力。其次，家庭教育应当注重培养孩子的独立性和创新能力，而非单一地追求分数和成就。此外，家庭应当积极参与社区活动，与社会资源对接，共同构建和谐的居住环境。最后，政府和社会应当提供更多支持家庭建设的政策和服务，如家庭教育指导、养老服务体系等，以促进家庭和社会的和谐发展。

面对新矛盾和新情况，我们不仅要认识到家庭建设的重要性，更要积极探索适应新时代的家庭建设实践途径，以期构建一个更加和谐、健康、友爱的家庭环境，为社会的稳定和发展提供坚实的基石。

中国式现代化进程中，家庭建设的实践探索主要体现在以下几个方面：

一、建立开放包容的家庭沟通机制

（一）家庭观念的现代化

随着社会的发展，传统的家庭观念正在发生变化。现代家庭更加注重个人的独立性和自由性，尊重个人的选择，强调家庭成员之间的平等和尊重。

（二）家庭结构的现代化

20世纪80年代以来计划生育政策的实施，中国的家庭结构发生了变化，独生子女家庭成为主流。这种家庭结构的变化对家庭建设提出了新的要求。当下，很多独生子女家庭的孩子，性格偏激、自私自利、团队合作能力差等已经带来系列社会治理问题。

（三）家庭教育的现代化

现代家庭越来越重视教育，不仅重视孩子的学业教育，也重视孩子的品德教育和素质教育。家庭教育的方式和方法也在不断创新，如通过网络和多媒体、公开课进行教育等。

浏阳市妇联家庭教育公益讲师刘佳平结合经典案例、情景模拟，讲解亲子间的情绪管理智慧，用理论、实践案例，以及接地气的方式方法为浏阳市的家长上“向阳花”公益课。

在新的育儿理念引导下，家长们积极调整思维模式和行为方式，把学到的知识和方法应用到实际生活中去， 很多以前觉得棘手的育儿难题，在了解问题产生的根源后，迎刃而解。 通过大面积上家庭教育公益课，在浏阳，有越来越多的家长感受到来自“向阳花”的温暖和力量，正不断更新和转变家庭教育理念。

2024年浏阳市家庭教育指导服务“向阳花”行动首次被纳

入湖南省重点民生实事项目。聚焦政策法规、品德培养、身心健康、安全教育等内容，通过线上线下相结合的方式，在全浏阳各乡镇（街道）、村（社区）及学校开展家庭教育指导服务活动，帮助和引导0至18岁未成年人的父母及其他监护人树立科学的家庭教育观念、掌握教育的方式方法，让朵朵“向阳花”在浏阳大地竞相绽放，让孩子们健康快乐成长、拥抱幸福美好人生。

2024年半年时间，浏阳共开展线下家庭教育指导服务145场，完成年度目标任务的91.7%；线上线下家庭教育指导服务家长30899名，完成年度目标任务的61%。

这种家庭教育指导方式联动各方资源支持家庭教育工作，传播家庭教育新理念、新方法，让“向阳花”行动成效惠及千家万户，形成家长科学育娃、孩子健康成长的良好氛围。这是用现代化手段探索家庭教育的新模式。

（四）家庭关系的现代化

现代家庭关系更加注重和谐和平等，强调家庭成员之间的沟通和理解。同时，现代家庭也面临着一些新的挑战，如如何处理好夫妻关系、亲子关系等。

二、健全现代化的家庭经济运行方式

随着经济的发展，家庭经济状况也在不断改善。现代家庭更加注重生活质量，追求健康、舒适的生活方式。

当前中国三代同堂的家庭是主流，这种家庭大都是一对独生子女夫妻，父母，养育一到三孩。从家庭经济而言，这类家庭是我国老百姓幸福感、获得感最强的家庭。有的双方父母都是“双职工”，夫妻俩也是“双职工”。不错的家庭收入，家庭财富的积累可以让这样的家庭过上更加现代化的生活。

相反，如果是其他类型家庭。一方面勤劳致富是真谛。一个家庭只要夫妻双方勤劳，不好吃懒做，一样可以支撑他们在城市中购买商品房，一样可以让他们在农村建小别墅。另一方面，即使是遭受变故的家庭，在脱贫攻坚“一号工程”的推动下，在“两不愁三保障”措施的扶持下，可以通过信用无抵押、政府贴利息贷款干个体工商业，有的甚至可以通过低保政策扶持、教育帮扶（从小学到研究生毕业都有助学贷款、奖学金、帮扶金等），走出困境。政府这一系列扶持政策，可以让贫困家庭经济状况得到改善，让他们一样可以过上体面的生活。

创新发展新时代的家庭观，强调家庭成员的相互尊重、平等和独立，同时维护家庭的和谐与稳定。

三、建立厚植中国式现代化的家庭文化底蕴

即在继承和发扬中国传统文化的基础上，吸收现代文明的有益成果，形成具有中国特色的现代家庭文化。加强家庭教育和家庭文化建设，提高家庭成员的文明素养和社会责任感。

（一）传统家族文化植入家庭

家族在中国文化、中国历史、中国社会中的地位是很突出的，钱穆先生在《中国文化史导论》中曾说：“家族是中国文化最主要的柱石，我们几乎可以说，中国文化全部都从家族观念上筑起，先有家族观念乃有人道观念，先有人道观念乃有其他的一切。中国人所以不很看重民族界线与国家疆域，又不很看重另外一个世界的上帝，可以说全由

家族是中国文化最主要的柱石，我们几乎可以说，中国文化全部都从家族观念上筑起，先有家族观念乃有人道观念，先有人道观念乃有其他的一切。

他们看重人道观念而来。人道观念的核心是家族而不是个人。”因此，在中国人的价值系统中，家的意识具有核心价值的作用。它与种族的繁衍、人之永生相联系，具有至高无上的价值。传统家族文化、家族观念在近十年来得到了比较好的发展。一个家族的兴旺发达，需要一代又一代族人历久奋斗。

一个家族的兴旺发达，需要一代又一代族人历久奋斗。

2016年4月4日，太原王氏支脉鼎山公后裔清明祭扫大典在浏阳市龙伏镇举行，当天约有王氏鼎山公后裔十七族千余人参与祭祀，其中更有从江西等外省赶来参与活动的支脉。大型的祭祀活动既是当地对传统风俗习惯的传承保留，也为王氏一族的历史溯源提供了族谱等相关证据。

相传王氏鼎山公生于北宋神宗熙宁四年辛亥八月十四日，系太原王氏始祖晋公第七十六世孙，于南宋建炎间任广西协镇迁升潭州总兵，战功赫赫，后敕封光禄大夫，安葬于浏阳市龙伏镇达峰村画眉马栏坡。其后裔主要集居在浏阳市、长沙县和益阳地区，总人口达十万余众。

在当天的祭祀流程中，由当地王氏族中高寿达一百零五岁的长者执先祖牌为首，带领各族所组成的方阵前往祭祀地。仪式上族人代表朗诵祭文，表达了对先祖的追思和对现在生活的感恩，同时也向来参与活动的族人和宾客表达谢意。据悉王氏后裔还打算将各脉的族谱统一修缮，这也将对相关的历史考证提供帮助。

当今，追寻祖宗、发扬家族文化在民间越来越受重视。浏阳市最南部的金刚镇家族文化盛行，该镇保存的100年以上的老祠堂列为文物保护单位的就有10座以上。桃树湾刘氏大屋成为国家级文物保护单位，何氏宗祠、李氏宗祠、六栋堂成为省级文物保护单位……

纵观远近闻名的山西省王家大院、乔家大院等，这些家族大院的发展见证了国家发展的历史。乔家大院以其宏大的规模、精美的建筑和丰富的文化内涵，成为中国传统民居建筑的杰出代表。乔家世代传承的则是商业智慧和家族精神。王家大院不仅是建筑艺术的瑰宝，更是晋商文化的缩影。在这里，你可以感受到晋商们艰苦创业、诚信经营的精神风貌。他们凭借着勤劳和智慧，创造了商业传奇，为后世留下了宝贵的财富和经验。

山西 晋中 《祁县乔家大院》

家族文化是为家族而活的人生观。

家族文化是为家族而活的人生观。“光宗耀祖”的话，今天偶尔还能在事业有成者的口中吐出，他们认为努力向前，是为“出人头地，光宗耀祖”。在古代中国，皇帝及地方政府也会因某人的业绩或义行，奖予匾额，家族将它挂在祠堂，引为殊荣。品官有家庙祭祀制度，成为法定承认的望族，何其荣耀！

家族文化是尊祖敬宗的团体意识。

家族文化是尊祖敬宗的团体意识。“尊祖敬宗睦族”“尊宗睦族”是家族史文献中常见的词语。尊祖，除了敬重在世的前辈，更重要的是讲究对祖宗的祭祀。

家族文化是孝道。

家族文化是孝道。无论是古代还是现代家庭或家族都讲究上慈下孝。孝道的内容至少包括了三个方面，一是生养、死葬、祭祀；二是事业有成，能够扬名显亲；三是应有传宗接代人。

一个家族的历史，就像一面镜子，映射出时代的变迁和国家的进步。

一个家族的历史，就像一面镜子，映射出时代的变迁和国家的进步。想象一下，一个家庭，爷爷耕耘在山间田野，父亲在国企辛勤工作，而下一代则投身于改革开放的浪潮中。这不仅仅是家庭的变迁，更是国家从封闭走向开放，从弱小走向强大的历史见证。家族文化不仅反映出国家的发展，同时也会对国家产生深远的影响。

家族文化的复兴，传统家族文化植入当代家庭，其实是一种国学文化的传播，是传承中华民族祖宗的智慧，对一个家庭的影响无可估量。

家族文化的复兴，传统家族文化植入当代家庭，其实是一种国学文化的传播，是传承中华民族祖宗的智慧，对一个家庭的影响无可估量。

（二）传承家庭文化植入后代

家庭文化是幸福与崩溃的分水岭。中国人活着也就是为了支撑一个家，本质上是围绕着家庭这一核心运转的。通过家庭内部所孕育的先进文化，不仅能够感染、引导和激励家庭成员，更能使得这种文化的基因跨代传承，让家族的脉络得以延续和发展。在这种文化影响下，每个家庭成员既是受益者也可能是受害者，因为家庭文化的性质将直接

中国人活着也就是为了支撑一个家，本质上是围绕着家庭这一核心运转的。

决定家庭的未来和成果。积极向上的家庭文化，是保护家庭活力的关键，是促进家庭健康稳定发展的推动力。在这样的家庭氛围中，夫妻之间充满恩爱，彼此尊重；孩子们健康成长，创造力充沛，家庭学习气氛浓厚；与邻居、学校以及社会的其他成员关系融洽，这样的家庭如何不幸福，如何不迅速发展？它们拥有强大的生命力，并且在促进整个家族发展的过程中发挥着不可替代的作用。 当家庭文化变得消极、不健康时，其对家庭的影响也是灾难性的。夫妻间的争吵不断，信任危机频发，生活秩序混乱，与邻里、学校及工作单位的关系紧张甚至恶化，家庭中缺乏应有的安全感和幸福感。试想，在这样负面的家庭文化影响下，家庭的未来将会如何？结果不言而喻。

在浏阳这片热土上，确实是人才辈出，这里先来看一位农民出身的花炮一代创始人黄蔚德，湖南庆泰花炮集团创始人，湖南省首批省级非物质文化遗产项目浏阳花炮制作工艺代表性传承人。黄蔚德14岁即投身花炮行业，满怀着对烟花爆竹的热爱，从上药工人、技术学徒成长为熟练掌握花炮制作工艺的技术精英，曾到江西、醴陵等地担任技术厂长。1986年回家乡创办九林鞭炮厂，发明花中炮，开启创业之路。1993年创建浏阳市第一家民营股份制企业——浏阳明天实业股份有限公司，成为浏阳市第一位董事长。2014年8月，黄蔚德以母亲陈玉兰的名义捐资100万元成立“陈玉兰尊老敬老”奖励基金，倡导爱老尊老敬老，共建和谐社会，每年对浏阳金刚镇敬老孝亲、乐施好助的好人好事进行奖励，倡导文明新风。近7年来，他一对一结对帮扶了多名学生从小学到大学毕业，他的理念就是奉献、济困、孝道。

他用自己艰苦创业的历程教育下一代，鼓励贫困大学生，他牢记母亲的嘱托，他用母亲做人、做事的慈悲之心传承给更多的人。他用自己的言传身教影响两个儿子，接力做大做强烟花企业。他一对一帮扶的学生都亲切地叫他德爷爷，他在这个家庭中不仅是孝顺的儿子，更是伟大的父亲。黄蔚德董事长，他是把母亲的教导、把个人成功的“真经”植入了这个家庭。

他是把母亲的教导、把个人成功的“真经”植入了这个家庭。

四、新时代家庭观引领家庭文明新风尚

新时代家庭观应时代而生，又引领新时代家庭建设，既凸显社会主义家庭伦理观，又把体现当代中国精神的社会主义核心价值观贯穿其中，赋予家庭建设新的时代内涵，成为新时代家庭建设的根本遵循。

（一）新时代家庭观是树立家庭文明新风尚的根本

随着社会的发展进步，家庭的概念也在不断演变。在新的时代背景下，我们需要建立新时代的家庭价值观，以适应不断变化的社会环境和人们对家庭的需求。亲情温暖、责任担当、平等尊重是新时代的家庭价值观应注重的品性。如果正确的价值观传达给每个家庭成员，下一代将是健康、快乐和虔诚的，也将为社会的繁荣和进步做出积极的贡献。

亲情温暖、责任担当、平等尊重是新时代的家庭价值观应注重的品性。

（二）树立家庭文明新风尚必须警惕和反对背离新时代家庭观的不良现象

当前我国婚姻家庭领域的主流是好的。但同时也存在着背离新时代家庭观的不良现象，对此必须予以高度警惕和坚决反对。一是要警惕和反对个人主义在婚姻家庭领域泛滥。在婚姻家庭领域，个人主义特别是极端的利己主义是婚姻家庭冲突、纠纷乃至解体的罪魁祸首。

在婚姻家庭领域，个人主义特别是极端的利己主义是婚姻家庭冲突、纠纷乃至解体的罪魁祸首。

二是要警惕和反对市场经济规则在婚姻家庭领域滥用。婚姻家庭是一个伦理实体，家庭成员间遵循的应当是互相尊重、敬老爱幼、互相帮助的伦理道德，而不是等价交换的市场规则，更不是弱肉强食的竞争关系。只要百度搜索“明星离婚”，各大网站立刻可以跳出“盘点某某年官宣离婚的明星夫妻”，娱乐圈的婚姻状态这些年来似乎不是那么好。

三是要警惕和反对封建主义在婚姻家

庭领域死灰复燃。虽然封建的婚姻家庭制度早已土崩瓦解，可是现在，农村一些地方天价彩礼让人“娶不起”，名目繁多的人情礼金让人“还不起”。“要旗帜鲜明反对天价彩礼，旗帜鲜明反对铺张浪费，反对婚丧大操大办，抵制封建迷信作为农村精神文明建设的重要内容，推动移风易俗，树立文明乡风。”

“要旗帜鲜明反对天价彩礼，旗帜鲜明反对铺张浪费，反对婚丧大操大办，抵制封建迷信作为农村精神文明建设的重要内容，推动移风易俗，树立文明乡风。”

《湖南日报》曾经报道，民政部发文确认包括我省澧县在内的15地为全国婚俗改革实验区，要求各实验区为推进婚俗改革提供鲜活样板。整治天价彩礼、低俗婚闹、铺张浪费、随礼攀比等不正之风，是婚俗改革的一个重要内容。群众对此期待已久、广泛赞同，希望通过改革的一步步推进，让婚俗陋习无立足之地。澧县为何能入选全国婚俗改革实验区，且是我省唯一入选县市区？湖南日报记者在当地一连走访了好几个村，发现每个村都有不大操大办宴席的村规民约，每户人家的家门口都有一块提倡勤俭节约的“家风牌”。在大堰垱镇九旺村，村民谈起本村的嫁娶之事，个个一脸轻松。他们告诉记者，过去办婚礼，往往要相互攀比着大操大办三四天，一场婚礼办下来要花一二十万元。如今有了村规民约把关，办婚礼要先到理事会备案，签订移风易俗承诺书，理事会成员对酒宴的规模、随礼的档次全程参与监管。这两年，村里先后有10多对新人结婚，都办得喜庆又简单，乡亲们不再为人情所累。

但是，在一些农村地区，娶妻除了必备房子、车子，高价乃至天价彩礼也是“标配”，这“三大件”如同三座大山，压得许多家庭透不过气来。比如在长沙市周边地区，不同程度存在高价彩礼现象。望城区一对新人要结婚了，女方家提出要16万元彩礼；长沙县一女方家要求男方出彩礼16.8888万元；要价更高的也比比皆是。相当多的女方家庭还另外要求男方在市区必须有一套新房，同时要有一台车。

此外，还要警惕和反对财产关系在婚姻家庭领域反客为主。

（三）以法治建设助力家庭文明新风尚

法安天下，德润人心。家庭文明新风尚建设离不开法治的保障。第一，《民法典·婚姻家庭编》不仅通过增加规定，“婚姻家庭受国家保护”再次表明了国家对婚姻家庭的保护态度，充立法者“天下之本在家”的家国情怀。

分体现了立法者“天下之本在家”的家国情怀，而且通过对婚姻家庭进行体系化保护以维护婚姻安全，适应人民群众对安全稳定婚姻生活的期待。第二，《民法典》通过强化遏制破坏婚姻家庭行为以建立相亲相爱的家庭关系。建立相亲相爱的家庭关系，既需要倡导“夫妻应当互相忠实，互相尊重，互相关爱；家庭成员应当敬老爱幼，互相帮助，维护平等、和睦、文明的婚姻家庭关系”，更需要加强对违反婚姻家庭制度规定、破坏婚姻家庭关系的行为进行惩戒。为此，《民法典·婚姻家庭编》通过扩大无过错方的救济途径和期限、扩大追究过错方民事责任的范围等，从多方面强化遏制破坏婚姻家庭的行为。第三，《民法典》通过强化公序良俗的法律保护以弘扬向上向善的家庭美德。《民法典》不仅把“弘扬社会主义核心价值观”作为重要的立法目的，而且将公序良俗确定为民事主体的行为规则和处理民事纠纷的裁判规则。同时在《民法典·婚姻家庭编》中明确规定，“家庭应当树立优良家风，弘扬家庭美德，重视家庭文明建设”。第四，《民法典》通过强化家庭成员间的实质平等以体现共建共享的家庭追求。

我们相信，《民法典》及其《婚姻家庭编》的有效实施必将助力新时代中国特色社会主义家庭文明新风尚建设。

营造好家庭

第四编

家庭美食、美境与美雅生活情趣

家庭，作为社会的基本单元，不仅是我们生活的场所，更是情感交流的港湾，承载着无数的美好时光与回忆。在这个小小的天地里，美食、美境与美雅生活情趣相互交织，共同构筑了一个充满爱与幸福的空间，让人陶醉其中。

第一节 享受日常美食

在忙碌而繁杂的现代生活中，家庭永远是我们最温暖的避风港。在这个港湾中，日常美食扮演着至关重要的角色，它不仅滋养着我们的身体，更承载着家人的情感与回忆。通过美食的分享与品味，家庭成员之间的情感得以加深，家的温馨与幸福感得以浓厚。

一、美食与家庭的情感纽带

每当夜幕降临，华灯初上，一家人围坐在餐桌旁，共享美食，是一天中最温馨的时刻。这种场景简单却充满力量，它让我们感受到家的温暖，也让我们明白，无论外面的世界如何喧嚣，家始终是我们最坚实的后盾。美食成为家庭成员之间情感的纽带，让彼此的心灵更加紧密相连。

在我国，节日总是与美食密切相关。无论是春节的团圆饭、中秋的月饼还是端午的粽子，这些美食都承载着节日的祝福和家庭的期许。在这些特殊的时刻，家人们会齐心协力准备一顿丰盛的节日宴。每个人都会发挥自己的特长和创意，为这顿饭增添色彩和风味。这不仅仅是一顿饭，更是一次家庭的聚会和庆祝。在这个过程中，家人们互相交流、分享和祝福，让彼此的情感更加深厚和牢固。

餐桌上，美食的种类丰富多样，满足了不同家庭成员的口味需求，更重要的是每一道菜都承载着家人的关爱与关怀。在品尝美食的过程中，我们不仅能够满足味蕾，更能够感受到家人之间的深厚情感。

记得小时候，每当妈妈烧红烧鱼时，整个家里都弥漫着诱人的香气，鱼肉鲜嫩可口，酱汁浓郁香醇。品尝着妈妈做的红烧鱼，我会感到满足和幸福。这是一道家常菜，但对于我来说，这不仅仅是一道菜的香气或是味觉的享受，更是一种心灵的滋养，是家的味道，是母爱的象征。随着时间的推移，我离家去外地学习、工作，只要吃到美味的鱼肉，我总是会想起妈妈做的红烧鱼，那种熟悉而亲切的味道让我倍感温暖和安慰。它让我想起家的模样，想起妈妈那慈爱的笑容和无尽的关怀。有一次，我工作中遇到了一些困难，心情非常低落。那天晚上，我独自一人去了一家餐厅，点了一份红烧鱼。当那道菜摆在我面前时，我仿佛看到了妈妈在厨房里忙碌的身影，闻到了家里那熟悉的香气。我闭上眼睛，细细品味着红烧鱼的味道，那一刻，我所有的烦恼和忧愁都烟消云散了。

在这个快节奏的现代社会中，人们常常忽略了美食所蕴含的情感力量。美食不仅仅是满足口腹之欲的工具，更是传递情感、连接家人、创造回忆的媒介。它让我们在享受美食的同时感受到了家的温暖和幸福，也让我们在忙碌的生活中找到了归属感和幸福感。因此，我们要珍惜家庭中的美食时刻，用心去感受和体验其中的情感和回忆，让美食成为我们家庭中永远的情感纽带和幸福源泉。

二、美食与家庭的健康追求

“民以食为天，食以安为先”，这句流传千古的智慧箴言，不仅是对人类生存本能的深刻洞察，也是对饮食文化及其安全性、重要性的高度概括。在浩瀚的历史长河中，饮食始终是人类文明发展的重要基石，它不仅是满足基本生存需求的物质基础，更是文化传承、社会交往乃至精神寄托的重要载体。在现代社会的高速运转下，人们往往被工作、学习和生活的压力所裹挟，忽略了饮食对于身心健康的关键作用。然而，正是这些日常的一餐一食，构成了我们身体能量与精神的源泉。

随着健康意识的觉醒，人们开始重新审视自己的饮食习惯，力求在享受美食的同时，也能保障健康。世界卫生组织（WHO）的健康饮食指南为我们指明了方向，强调了健康饮食在预防疾病、维持体重、增强免疫力及提升心理健康方面的重要作用。这不仅是对个人负责，更是对家庭、对社会负责任的体现。

在食材选择上，我们越来越倾向于有机、新鲜、当季的食物。这不仅因为它们更加美味、营养丰富，还因为它们减少了农药、化肥等化学物质的摄入风险，为家人的健康筑起了一道坚实的防线。同时，了解食材的营养成分和搭配原则，能够让我们在烹饪时更加得心应手，创造出既满足味蕾又兼顾营养的美食佳肴。

烹饪方式的革新也是健康饮食的重要一环。减少油脂、盐分和糖分的使用，采用蒸、煮、炖等更加健康的烹饪方法，既保留了食材的原汁原味，又避免了高温油炸带来的营养损失和有害物质生成。这样的菜肴不仅色泽诱人、香气扑鼻，更能让人吃得放心、吃得健康。

个性化饮食方案的制定也是现代家庭关注的焦点。每个家庭成员的年龄、性别、体质、职业等因素都会影响其营养需求。因此，根据家庭成员的具体情况量身定制饮食计划，既能满足每个人的口味偏好，又能确保营养均衡、全面。例如，为儿童提供富含钙质、铁质和维生素的食物以促进其生长发育；为老年人准备易于消化、富含膳食纤维的食物以维护其肠道健康；为上班族提供富含蛋白质和维生素的食物以增强体力和提高工作效率等。

美食与健康并非水火不容的矛盾体，而是可以和谐共生的伙伴。通过科学的食材选择、合理的烹饪方式以及个性化的饮食方案，我们完全可以在享受美食的同时，守护好家人的健康，让美食成为连接家人情感的纽带，让健康成为我们共同追求的生活目标。

三、美食与家庭的传承创新

在家庭中，美食的传承与创新也是一个重要的议题。

传统美食是家庭文化传承的重要组成部分。它不仅仅是食材和烹饪技巧的组合，更是家族历史、文化和情感的凝结。长辈们通过亲手制作传统美食，将家族的记忆、故事和价值观传递给下一代。这些美食往往承载着特殊的寓意和象征意义，如母亲为孩子亲手制作的饺子，代表着母爱的温暖与关怀；父亲为家人烹制的红烧肉，寓意着家庭的团圆与幸福。

长辈们通过制作美食，还向下一代传递着对食材的尊重、对烹饪和生活的热爱。这种传承不仅仅是技能的传递，更是一种情感的传递，是一种生活方式的延续，让家庭成员在品尝美食的同时，感受到家庭的温暖与凝聚力。

传统并不意味着固守不变。随着时代的变迁和家庭成员口味的变化，传统美食也需要与时俱进，不断进行创新和发展。这种创新可以是食材的拓展、烹饪方式的改进，也可以是口味和摆盘的调整。在食材的选择上，我们可以借鉴现代营养学的知识，选择更加健康、营养的食材，为家人提供更加健康、美味的饮食。在烹饪方式上，我们可以尝试引入新的烹饪技术和设备，提高烹饪的效率和口感。同时，我们也可以结合家庭成员的口味和需求，对传统美食进行口味和摆盘的调整，使其更加符合现代人的审美和口味。我们还可以通过与其他文化的交流和融合，给传统美食注入新的元素和灵感。在全球化的背景下，不同地域、不同民族的美食文化相互交融，为我们提供了更加广阔的视野和更多的灵感。我们可以借鉴其他文化的优点，将不同风味的美食融入家庭的传统中，创造出独具特色的新菜品。这种创新不仅丰富了家庭的美食文化，也促进了家庭成员之间的交流和沟通。

美食与家庭的传承创新对于家庭和社会的意义是深远的。它有助于维护家庭文化的连续性和稳定性。通过传承和创新，家庭文化得以延续并不断发展，成为家庭成员共同的精神支柱和情感纽带。

美食与家庭的传承创新也有助于培养家庭成员的创新意识和实践能力。在参与美食制作的过程中，家庭成员不仅可以学习到烹饪技巧和食材知识，还可以培养自己的创新思维和实践能力。这种能力对于家庭成员的个人成长和未来发展具有重要意义。

美食与家庭的传承创新还有助于促进家庭与社会的交流与融合。通过分享家庭美食文化、参与社区美食活动等方式，家庭成员可以与其他家庭、社区乃至整个社会进行交流和互动，增进彼此的了解和友谊。这种交流与融合有助于构建更加和谐、包容的社会环境。

我们要以开放包容的心态共同探索美食与家庭传承创新的无限可能，为家庭的和谐与幸福注入更多的活力和色彩。

四、美食与家庭的仪式感

在人类的纷繁日常中，仪式感如同一股细腻而坚韧的丝线，穿梭于平凡与非凡之间，为每一个平淡的日子赋予了独特的光彩与意义。它不仅仅是一种外在的形式或仪式，更是内心深处对生活美好与价值的追求与肯定，让每一个平凡瞬间都焕发出不凡的光辉，成为生命中不可复制、值得珍藏的记忆片段。

美食，作为仪式感洪流中最为温馨且不可或缺的一股力量，它不仅仅是满足口腹之欲的简单行为，更是一种生活的艺术，一种情感的桥梁，一种文化的传承。

美食，作为仪式感洪流中最为温馨且不可或缺的一股力量，它不仅仅是满足口腹之欲的简单行为，更是一种生活的艺术，一种情感的桥梁，一种文化的传承。每一道菜肴的诞生，都是厨师（或许是家庭中的父母、长辈，也可能是热爱烹饪的每一个成员）倾注了无尽的心血与情感的艺术创作。从食材的精挑细选，到烹饪过程的精雕细琢，再到摆盘时的匠心独运，每一步都蕴含着对家人的爱与关怀，以及对美好生活的向往与追求。

当夜幕降临，灯火阑珊，家人围坐在装饰一新的餐桌旁，眼前是色彩斑斓、香气四溢的美食佳肴，这一刻，家的温馨与融洽便如同春风化雨般悄然弥漫。美食成为了连接心灵的纽带，让每个人的脸上都洋溢着幸福的笑容，心与心的距离在这一刻被无限拉近。大家一边品尝着美味，一边分享着彼此的喜怒哀乐，家长里短中流淌的是亲情的温暖与和谐，是对未来生活的美好憧憬与共同期许。

在这样的氛围下，美食不再仅仅是满足口腹之欲的工具，它更像是一种情感的传递者，将家人的爱与关怀通过味蕾的触碰深深烙印在每个人的心中。而家庭的仪式感，则在这种温馨与和谐中得到了最完美的诠释与升华，让每一个平凡的日子都充满了非凡的意义与价值。这种独特的家庭文化，不仅丰富了我们的精神世界，也让我们在快节奏的现代生活中找到了一片心灵的栖息地，感受到了家的温暖与力量。

五代十国 顾闳中 《韩熙载夜宴图》（局部）

家庭的仪式感，是一种对生活的尊重和热爱。它不仅仅是一种形式，更是一种态度。在家庭中，仪式感可以体现在许多方面，如定期的家庭聚餐、节日的庆祝、生日的祝福等。这些仪式不仅让家人感到被重视和关爱，更让家庭充满了温馨及和谐。

当美食与家庭的仪式感相结合时，它们所创造出来的美好体验是无法用言语来形容的。想象一下，在一个周末的傍晚，你亲自下厨为家人准备了一顿丰盛的晚餐。当家人围坐在餐桌旁，看着眼前的美食，那种期待和喜悦的表情，就是对你最好的回报。而在享用美食的过程中，家人们分享着彼此的故事和心情，那种亲密和融洽的氛围，仿佛让整个世界都静止了。

美食与家庭的仪式感所带来的不仅仅是味觉的满足和情感的交流，更是一种生活态度的体现。它让我们明白，生活不仅仅是为了生存，更是为了享受和感悟。在忙碌的生活中，我们不应该忽视了那些能够给我们带来快乐和满足的小事。这些小事，或许只是一顿简单的晚餐，或许只是一次普通的家庭聚会，但它们却能让我们感受到生活的美好和真谛。

美食与家庭的仪式感还能够提升我们的生活质量。在快节奏的社会中，人们往往为了追求物质上的满足而忽略了精神上的需求。然而，在当今社会，真正的幸福并不在于物质的多少，而在于我们是否能够感受到生活的美好和温暖。当我们在家庭中注重美食与仪式感的结合时，我们不仅能够满足味蕾的需求，更能够满足心灵的需求。这种内外兼修的生活方式，不仅能够让我们更加健康、快乐地生活，还能够让我们成为更加有品质、有情怀的人。

这种内外兼修的生活方式，不仅能够让我们更加健康、快乐地生活，还能够让我们成为更加有品质、有情怀的人。

美食与家庭的仪式感是生活中不可或缺的重要组成部分。在忙碌的生活中，我们不要忘记那些能够给我们带来快乐和满足的小事。让我们用心去感受、去体验、去创造更多的家庭幸福与快乐吧！让美食与家庭的仪式感成为我们生活中最美好的风景。

五、美食与家庭的未来展望

美食与家庭的未来展望，是一幅细腻勾勒、色彩斑斓的画卷，满载着温馨、和谐与无尽的幸福憧憬。随着科技的日新月异，我们即将步入一个前所未有的美食与家庭融合的新时代，这个时代将美食的享受与家庭情感的深化紧密相连，共同编织出更加美好的生活图景。

在未来的家庭中，一个集高科技与温馨氛围于一体的多功能美食工坊将成为标配。这个工坊不仅装备了最先进的厨房电器，如智能温控的烤箱、精准计量的微波炉，以及能够自动识别食材并推荐菜谱的智能冰箱，更融入了前沿的智能技术。想象一下，只须轻轻一声指令，语音控制的烤箱便能自动预热至最佳温度；而自动配料的机器人厨师，则能根据预设的菜单或家人的口味偏好，精确无误地完成食材的称量、切割与初步烹饪，让烹饪过程变得既高效又充满乐趣。

在这个智能厨房里，家庭成员之间的互动与协作将变得更加频繁和深入。周末的午后，一家人围站在工作台旁，爸爸指导孩子如何揉面，妈妈则在一旁用智能搅拌机调制着特制的酱料，而机器人厨师则默默地在旁协助。这样的场景无疑将亲子关系推向了新的高度，让爱与温暖在每一次的搅拌、每一次的烘焙中悄然传递。

未来的美食，将更加注重个性化与健康并重。通过大数据分析，智能厨房能够精准捕捉每位家庭成员的饮食偏好、健康状况及营养需求，从而为他们量身定制出既美味又健康的专属菜单。无论是爸爸钟爱的麻辣鲜香川菜，还是妈妈偏好的清淡雅致粤菜，抑或是孩子迷恋的甜蜜缤纷甜品，都能在这个智能厨房里得到完美的呈现，满足全家人的味蕾。

而互联网的普及，则让家庭美食文化跨越了地域与文化的界限，变得更加开放和多元。家庭成员可以通过社交媒体平台展示自己的烹饪成果，与全球的美食爱好者分享心得、交流经验，甚至参与线上美食大赛，一展身手。这种跨越时空的交流与互动，不仅丰富了家庭的美食体验，也让家庭美食文化在碰撞与融合中焕发出更加璀璨的光彩。

最终，美食与家庭的结合将不仅仅停留在物质层面的满足上，更将深入到精神层面的滋养与慰藉。在这个充满爱与温暖的避风港里，每一道精心烹制的菜肴都承载着家人的关怀与期待，每一次围坐餐桌的共享时光都成为了家庭情感交流与传承的宝贵时刻。让美食成为连接家庭成员情感的桥梁，让家庭成为我们永远最坚实的后盾和力量的源泉，共同书写属于每一个家庭的幸福篇章。

第二节 创造美好家居环境

在现代快节奏的生活中，家是人们寻求安静和宁静的避风港。一个舒适宜居的家居环境能够提高我们的幸福感和生活质量，为我们带来更美好的生活体验。无论是在休息、工作还是娱乐时，一个能够让我们感到舒适的家居环境都是非常重要的。

一、合理布局，打造舒适空间

想象一下，你走进家门，一眼望去，整个空间布局井然有序，每个角落都显得如此舒适与和谐。沙发与茶几的距离恰到好处，你可以在沙发上舒展身体，轻松享受阅读的乐趣；餐桌与餐椅的位置恰到好处，你可以与家人围坐一桌，共享美食的欢愉。这样的家居环境，不仅能让我们的生活更加舒适、愉悦，还能增进家庭成员之间的感情，营造出一种和谐幸福的家庭氛围。

合理布局，打造舒适空间，是每个人都期望实现的家居目标。一个精心规划的家居空间不仅能够提升生活的品质，还能反映出居住者的个性和品位。

合理的空间功能划分是打造舒适空间的基础。每个家庭成员都有自己的生活习惯和需求，在布局家居空间时，我们需要充分考虑这些因素。例如，客厅作为家庭成员聚会和娱乐的场所，应该具备舒适的沙发、茶几等家具，方便家人和朋友交流互动；卧室则应该营造出宁静、舒适的氛围，选择柔和的灯光和舒适的床铺，以确保良好的睡眠质量；厨房和餐厅则应该注重实用性和便利性，方便烹饪和用餐；书房则应该提供一个安静、有序的学习环境。明确各个区域的功能定位，规划家居空间，使其更加符合家庭成员的实际需求。

家具是家居生活的核心组成部分，它们不仅承载着我们的日常生活需求，还影响着家居的整体氛围。在选择家具时，应注重其实用性、舒适性和美观性的平衡。实用性要求家具能够满足我们的日常需求；舒适性则要求家具的设计符合人体工程学原理，让我们在使用过程中感到舒适放松；美观性则要求家具的款式、材质和色彩能够与整体家居风格相协调。我们需要根据空间的大小、形状以及家庭成员的生活习惯来选择合适的家具，并巧妙地摆放它们。例如，在客厅中，沙发和茶几应摆放在便于交流和互动的位置；在卧室中，将床摆放在靠墙的位置，方便上下床和整理床铺。此外，我们还需注意照明问题。合适的照明不仅可以提供足够的光线，还能营造出不同的氛围和情调，如柔和的吊灯、落地灯等，以营造出舒适、宜人的环境。

储物和收纳也是打造舒适空间不可忽视的一环。一个整洁有序的家居环境不仅美观大方，还能提高生活的效率和质量。我们可以利用墙面、角落等空间安装储物柜、壁挂架等设施来增加储物空间；同时，我们还可以选择一些多功能家具来满足不同的储物需求。通过合理的收纳和储物设计，我们可以让家居空间更加整洁、有序，为家庭成员提供一个舒适、宜居的生活环境。

合理布局是打造舒适空间的关键所在。明确空间功能划分，巧妙摆放家具，合理设计收纳储物，我们可以让家居空间更加宽敞、舒适、和谐。在这个温馨的港湾中，我们可以与家人共度美好时光，享受生活的点滴幸福。

二、色彩搭配，营造温馨氛围

你知道吗？色彩真是个奇妙的东西！它就像一位魔法师，轻轻一挥魔法棒，就能让我们的家瞬间变得温馨又迷人。

当你走进家，首先映入眼帘的是一片温暖的色调。柔和的米白色墙面，搭配着温馨的粉色或浅蓝色沙发，仿佛整个空间都被温暖的阳光洒满。这就是色彩带给我们的第一印象，它让我们感到舒适、放松，仿佛回到了自己的小天地。

色彩不仅仅是一种视觉感受，更是一种情感的传达。不同的色彩有着不同的情感倾向，它们能够影响我们的情绪和心理状态。比如，红色代表着热情、活力，它能让我们的心情变得激昂、振奋；而蓝色则代表着宁静、平和，它能让我们感到安心、放松。因此，在选择家居色彩时，需要根据自己的需求和喜好来选择合适的色彩搭配。

当然，色彩搭配也不是一件简单的事情。它需要考虑到整个家居空间的风格、布局以及采光等因素。比如，如果家里的采光较好，我们可以选择一些明亮的色彩来增加空间的通透感；如果家里的采光较差，我们则可以选择一些柔和的色彩来营造温馨的氛围。此外，我们还需要注意色彩之间的搭配和协调，避免过于突兀或混乱的色彩组合。

那么，如何才能打造出一个温馨舒适的家居空间呢？选择一些温暖、柔和的色调作为主色调，比如米白色、浅灰色、粉色等。这些色彩能够给人一种温馨、舒适的感觉，让人感到宾至如归。利用色彩的变化和对比来增加空间的层次感和立体感。比如，在墙面和家具上运用不同的色彩搭配，或者在空间中加入一些亮色的装饰品来点缀，都能起到很好的效果。通过灯光的设计来营造温馨的氛围。选择柔和的灯光，将光线投射在墙面、家具上，让整个空间都沐浴在温暖的光影之中。

除了以上这些技巧外，还有一些小细节也能让我们的家居空间更加温馨。比如，在床头挂上一幅温馨的油画，或者在餐桌上摆放一束鲜花或绿植，都能为家居空间增添一份生机和活力。这些小细节虽然看似微不足道，却能够让我们的家变得更加有温度和情感。

色彩搭配是营造温馨家居氛围的关键之一。通过选择合适的色彩搭配、注意色彩的明度和纯度、运用设计技巧以及关注细节处理等方法，可以让家居空间更加美观、和谐，为家人带来愉悦、舒适的居住体验。合适的色彩搭配让家成为我们最温暖的港湾，让我们在繁忙的生活中找到片刻的宁静和放松。让色彩成为我们家居生活的调色板，为我们的生活增添更多的色彩和乐趣！

三、绿色植物，增添自然气息

绿色，这个充满生机与活力的颜色，总是能给人带来无尽的愉悦和宁静。当我们在家中摆放一些绿色植物时，它们或高或矮，或茂盛或稀疏，但无论怎样，都给人一种生机勃勃的感觉，仿佛整个空间都被自然的气息所包围，让人置身于大自然之中，带给我们一份宁静与舒适。

绿色植物的种类繁多，每一种都有着自己独特的魅力和特点。比如，绿萝是一种非常受欢迎的室内植物，它的叶子呈心形，颜色鲜绿，宛如一片片翡翠镶嵌在枝头，非常适合放在室内光线较好的地方，为家居增添一抹清新的绿意；吊兰是一种非常适合悬挂在空中的植物，它的枝条柔软而富有弹性，仿佛优雅的舞者，能够随着微风轻轻摇曳，给人一种轻盈而飘逸的感觉，让室内空间充满了灵动与生机；而芦荟则是一种非常实用的绿色植物，它的叶片肥厚多汁，宛如绿色的宝石，不仅具有观赏价值，更是天然的保湿佳品，是家居生活中不可或缺的绿色守护者。除了这些常见的植物外，还有许多其他有趣的植物值得我们去探索和发现。

绿色植物的摆放也是一门学问。需要根据家居空间的大小、布局以及光照条件来选择合适的植物和摆放方式。在客厅中，可以选择一些大型绿植来增添空间的气场；在卧室中，就要选择一些小巧玲珑的植物来点缀床头或窗台；在书房中，则可以摆放一些能够净化空气的植物来提高学习和工作的效率……只要用心去选择和摆放绿色植物，就能让家居空间变得更加美丽、舒适和宜人。

除了美化家居空间外，绿色植物还有许多其他的好处。它们可以吸收空气中的有害物质，如甲醛、苯等，并释放出氧气，为我们创造一个更加健康、清新的生活环境。同时，绿色植物还能起到调节室内温度和湿度的作用，为我们创造一个更加舒适、宜人的居住空间。

除此之外，绿色植物还能带给我们心理上的愉悦和放松。当我们忙碌了一天回到家中，看到那些生机盎然的植物时，仿佛所有的疲惫都被一扫而空。它们就像是大自然的治愈师，用它们那独特的魅力治愈着我们的心灵。

当然除了选择合适的植物外还需要注意植物的养护和管理。毕竟只有健康、茁壮的植物才能为我们带来更多的好处和愉悦。

因此需要定期为植物浇水、施肥、修剪等保持它们的良好状态。

在未来的家居设计中绿色植物将会扮演越来越重要的角色。随着人们对环保和健康的重视程度不断提高，越来越多的人开始关注家居环境中的空气质量和绿色元素的融入。可以预见在不久的将来绿色植物将会成为家居装饰的主流趋势之一。绿色植物能让自然的气息在我们的家居空间流淌，让我们的生活更加贴近大自然，我们又何乐而不为呢！

四、家庭活动，增进亲情交流

家，是我们与家人共度欢乐时光的地方。在这个小小的世界里，每个角落都弥漫着爱与关怀。而打造一个专门的家庭活动区域，就像是给家增添了一个魔法空间，让亲情交流更加深入、更加有趣。

喜欢阅读的家庭，可以在一角设置一个舒适的阅读区，放上几个软垫和靠背椅，再摆上一些心爱的书籍，一个温馨的阅读角落就诞生了。每当午后阳光斜照，一家人便可以聚在这里，享受阅读的乐趣，分享彼此的心得。

喜欢运动的家庭，可以设置一个健身区。在这里放上跑步机、哑铃等健身器材，或者铺上瑜伽垫，和家人一起挥洒汗水，享受运动的快乐。这样的活动不仅能增进亲情，还能让家人共同保持健康的体魄。

喜欢音乐的家庭，则可以在家中开辟出一方音乐的天地。摆放一架钢琴或吉他，挂上几幅音乐家的肖像画，再放置一些经典的唱片或CD。每当夜幕降临，一家人便可以围坐一起，弹奏优美的旋律，聆听动人的歌声，分享音乐带来的感动。

当然，家庭活动区域还可以是一个亲子游戏区。在这里，可以和孩子一起玩桌游、拼图或者搭建乐高。这些活动不仅能锻炼孩子的动手能力，还能增进亲子之间的感情，围坐在游戏区，欢声笑语不断，幸福感也在这一刻达到了顶峰。

除了硬件设施的打造，家庭活动区域的氛围营造也是非常重要的。我们可以通过柔和的灯光、温馨的装饰以及家人之间的亲密互动，来营造出一种舒适、和谐的家庭氛围。这样的氛围不仅能让人放松身心，还能让家人之间的关系更加紧密。

在这个家庭活动区域，我们还可以邀请亲朋好友一起参与家庭活动，享受亲情和友情的交织。这样的聚会不仅能增进家人之间的感情，还能扩大社交圈子，让我们的生活更加丰富多彩。

打造家庭活动区域不仅能让我们的生活更加丰富多彩，还能增进亲情交流，在这个过程中，我们可以充分发挥自己的创意和想象力，让家庭活动区域成为家中的一颗璀璨明珠。

五、保持整洁，维护美好环境

一个整洁明亮的家，仿佛是心灵的避风港，每一处细节都透露出主人的生活态度与品位。走进这样的家门，首先映入眼帘的是那井然有序的布置，每件物品都仿佛有了自己的位置，既不显得拥挤，也不失温馨之感。阳光，那最慷慨的自然之光，毫不吝啬地透过窗户，洒满房间的每一个角落，将温暖与希望一并带入，让人的心灵也随之豁然开朗，仿佛所有的烦恼都随之消散。

在这样的环境中居住，每一天都仿佛被赋予了新的活力与期待。整洁不仅仅是一种外在的视觉享受，更是内心平静与安宁的源泉。它让人们在忙碌的生活中找到一片净土，让疲惫的身心得以休憩，从而以更加饱满的热情和更加清晰的思维去面对生活的挑战。

为了维持这份难能可贵的整洁，我们需要培养良好的卫生习惯。每天，当晨光初现，或是夜幕降临之时，抽出片刻时间，对家进行一番细致的打扫与整理。这不仅是对家的呵护，更是对自己生活品质的一种追求。在清扫的过程中，我们不仅仅是在去除尘埃与杂物，更是在为心灵做一次深层的净化与梳理。

选择合适的清洁工具与产品也是至关重要的一环。在琳琅满目的市场中，我们需要根据实际需求，精挑细选那些既高效又环保的清洁用品。吸尘器以它强大的吸力，轻松带走地面上的尘埃与碎屑；而多功能清洁剂，则以其一物多用的便捷性，帮助我们快速解决各种清洁难题。更重要的是，我们始终将环保与健康放在首位，选择那些对人体无害、对环境友好的清洁产品，让家的每一个角落都充满纯净与安心。

保持家居环境的通风与采光同样不容忽视。每天定时开窗通风，让室外的新鲜空气与室内的陈旧气息进行交换，带走细菌与异味，留下清新与舒爽。同时，合理布置家具与窗帘，让自然光线充分洒入室内，不仅让家显得更加明亮宽敞，还能有效调节室内温湿度，为居住者营造一个更加舒适宜人的生活环境。

在这个过程中，家人的共同参与显得尤为重要。我们可以将打扫整理视为一种家庭活动，邀请每位成员都参与其中。无论是大人还是孩子，都能在劳动中感受到家的温暖与责任，共同创造一个更加美好、温馨的家园。当全家人齐心协力，将家打理得井井有条时，那份成就感与幸福感将是无法言喻的。

第三节 追求雅致生活情趣

家，是我们心灵的归宿。在这个小小的世界里，每一个角落都弥漫着爱与关怀，每一寸空间都承载着家人的欢声笑语。而艺术，作为人类文明的瑰宝，更是能为这个港湾增添无尽的魅力与色彩。雅致生活情趣，如同那悠然自得的翠竹，于风雨中摇曳生姿，于岁月中沉淀韵味。它不仅仅是一种生活态度，更是一种心灵的寄托和追求。在这纷繁复杂的世界里，我们都渴望拥有一片属

家，是我们心灵的归宿。在这个小小的世界里，每一个角落都弥漫着爱与关怀，每一寸空间都承载着家人的欢声笑语。

于自己的宁静天地，让生活充满诗意和远方。

一、艺术装饰，让家更有格调

艺术装饰就像是为家穿上了一件华丽的礼服，不仅增添了居室的魅力，更让家充满了格调与品位。走进一个艺术装饰点缀的家，就像步入了一个充满故事和情感的画廊，每一寸空间都在诉说着艺术与生活的交融之美。

艺术装饰并不是简单地摆放几件艺术品，而是要将艺术元素巧妙地融入家居设计中，让家居空间与艺术品相互辉映，共同营造出一种独特的氛围。从墙面装饰到家具陈设，从窗帘布艺到灯饰照明，每一个细节都可以成为艺术装饰的舞台。

墙面是家居空间中最具表现力的地方之一。一幅精美的画作或挂毯，不仅能够打破墙面的单调，还能为整个空间带来活力和个性。选择艺术品时，可以考虑与家居风格相协调的作品，比如现代简约风格的家可以选择抽象画或几何图案的装饰画，而传统复古风格的家则可以选择油画或国画等具有历史感的艺术品。

家具陈设也是艺术装饰的重要组成部分。一件设计独特的家具，不仅能够满足实用需求，还能成为空间的焦点。如一张复古风格的实木书桌，不仅可以放置书籍和办公用品，其独特的造型和纹理还能为书房增添一份优雅和静谧。家具的摆放也是一门学问，通过合理地布局和组合，营造出一种和谐而富有层次感的视觉效果。

窗帘布艺和灯饰照明也是艺术装饰中不可忽视的元素。窗帘可以选择与墙面或家具相呼应的颜色和图案，既能保护隐私，又能为空间增添一份柔和与温暖。灯饰照明则可以通过不同的灯光效果和色温，营造出不同的氛围和情绪。比如，一盏暖色调的落地灯，可以为客厅营造温馨舒适的氛围；而一盏冷色调的吊灯，则能为餐厅增添一份时尚和前卫。

除了以上提到的几个方面，艺术装饰还可以通过其他方式来展现。比如，在客厅摆放一些雕塑或摆件，可以让空间更加立体和生动；在卧室悬挂一些具有民族特色的挂饰或手工艺品，可以为空间增添一份异域风情和文化底蕴。同时，艺术装饰也可以随着季节和节日的变化而调整，比如在春天挂上一些鲜花和绿叶的装饰画，或者在圣诞节时摆放一些圣诞主题的艺术品，都能让家充满节日的氛围和喜悦。

艺术装饰不仅仅是为了美观和装饰，更是为了营造一种生活态度和审美追求。它让我们在繁忙的生活中停下脚步，欣赏和感受艺术的魅力与力量。通过艺术装饰，我们可以让家变得更加有格调、有品位、有情感，让家成为我们心灵的栖息地和精神的乐园。

艺术与生活相互交融，让家变得更加美好和温馨。在艺术的海洋中畅游，让家成为我们最美的港湾！

二、音乐熏陶，让家更有韵味

音乐，自远古时代起，便如同一条细腻而悠长的纽带，紧紧缠绕在人类文明的脉络之中，成为生活中不可或缺的灵魂伴侣。它以其独有的表达方式，跨越了语言与国界的障碍，直击人心最柔软的部分，唤醒沉睡的记忆，激发深藏的情感。在家庭的温馨港湾里，音乐更是扮演着举足轻重的角色，它不仅装饰了空间的每一个角落，更滋养了家人间那份细腻而深刻的情感纽带。

每当夕阳西下，或夜幕低垂，家中的音响缓缓流淌出旋律，那一刻，仿佛整个世界都为之静止。古典音乐以其深邃与优雅，缓缓铺陈开一幅幅历史的长卷，让人在旋律的引领下，穿梭于不同时代的辉煌与沧桑，感受到人类文明的博大精深。而那些耳熟能详的流行音乐，则像一股清新的风，吹散了日常的琐碎与疲

五代十国 周文矩 《听琴图》

急，带来的是青春的活力与梦想的激情，让家的每一个角落都洋溢着青春的气息和欢快的节奏。

在一个宁静的傍晚，一家人围坐在客厅的沙发上，窗外的夕阳洒进屋内，暖洋洋的。此时，一曲轻柔的钢琴曲缓缓响起，旋律优美动听，仿佛能够穿透人的心灵。家人们闭上眼睛，静静地聆听，感受着音乐带来的宁静与和谐。这样的场景，让人不禁感叹，音乐真的是一种无形的力量，它能够让家变得更加美好。

音乐还能增进家人之间的情感。在忙碌的生活中，家人之间往往因为各种原因而缺少沟通。而音乐，却是一种无须言语的沟通方式。通过音乐，我们可以表达自己的情感，分享内心的喜悦和忧伤。当家人一起欣赏音乐时，他们的心灵会不自觉地靠近，彼此之间的情感也会更加深厚。

音乐还能培养孩子的艺术素养和审美能力。在家庭中，经常播放一些优美的音乐，让孩子在耳濡目染中感受到音乐的美妙。随着时间的推移，孩子会对音乐产生浓厚的兴趣，甚至可能因此走上音乐之路。而音乐素养的培养，也会让孩子的生活更加丰富多彩，让孩子更加有品位。

当然，不同的家庭有着不同的音乐喜好。有些人喜欢古典音乐的庄重与典雅，有些人则偏爱流行音乐的激情与活力。但无论是什么类型的音乐，只要它能够给家人带来愉悦和放松，就是好的音乐。所以，在家庭中，我们可以根据家人的喜好来选择合适的音乐，让家更加有韵味。

音乐还能在特殊的日子里增添节日的氛围。比如春节时，播放一些欢快的民族乐曲，让整个家都沉浸在喜庆的氛围中；情人节时，放一首浪漫的情歌，为爱人制造一个温馨浪漫的氛围；圣诞节时，一首欢快的圣诞歌曲，让家人感受到节日的快乐和温馨。这些音乐不仅能让节日的氛围更加浓厚，还能让家人之间的感情更加深厚。

音乐的熏陶并非一蹴而就的过程，它需要时间的积累和持续的沉淀。在日常生活中，无论是做家务、用餐还是休息时，都可以适当播放一些音乐。随着时间的推移，音乐会逐渐渗透到家庭的每一个角落，成为家庭生活不可或缺的一部分，让家充满韵味和温馨。

三、影视欣赏，让家更有情趣

在这个日新月异的现代社会里，影视艺术犹如一股清新而充满活力的清泉，悄无声息地渗透进千家万户的每一个角落，以其独有的魅力，为原本可能略显单调的日常生活注入了无限的生机与色彩。它不仅超越了时空的限制，将世界各地的风土人情、历史典故、科技创新乃至深邃的哲学思考，以直观而生动的画面展现在观众面前，更成为了一种跨越年龄、性别、职业界限的共同语言。

影视艺术，作为现代人休闲娱乐的重要组成部分，其影响力远远超出了简单的娱乐消遣范畴。每当夜幕降临，家中的灯光柔和地洒在每个角落，电视或投影仪的屏幕亮起，一场视觉与情感的盛宴便悄然开启。全家人围坐一起，或坐或卧，姿态各异却都满怀期待地注视着前方，共同沉浸在电影或电视剧的故事情节中，那份温馨与默契便悄然生长。它像是一座无形的桥梁，连接着每一位家庭成员的心，让忙碌一天的疲惫在笑声与泪水中得到释放，也让彼此间的情感在共鸣中得以加深。这样的场景，成为了许多人心中最温馨、最幸福的画面之一。

影视艺术以其独特的魅力，让我们在短短的时间内体验到人生百态，感受到跨越时空的情感共鸣。从悬疑推理的紧张刺激，到爱情故事的甜蜜温馨；从家庭伦理的深刻反思，到历史剧集的波澜壮阔，每一种类型的影视作品都能触动我们内心最柔软的部分，让我们在欢笑与泪水中重新审视生活，理解人性的复杂与美好。

在观影过程中，家庭成员之间的互动也变得尤为珍贵。我们分享彼此的笑声，共同为角色的命运揪心，也会在剧情的高潮处相互依偎，感受那份难以言喻的默契与亲密。这种基于共同兴趣的交流与分享，无疑加深了家人之间的情感纽带，让我们的关系更加紧密和谐。

影视欣赏也是一种教育方式。它让我们在享受娱乐的同时，拓宽了视野，增长了见识。通过观看不同国家和地区的影视作品，我们了解了不同的文化、历史和社会背景，学会了尊重和理解多元文化的差异。这种跨文化的交流，不仅让我们的思想更加开放包容，也让我们更加珍惜自己的文化传统，增强了民族自豪感和文化自信。

影视艺术还激发了我们的想象力和创造力。在观影过程中，我们会不由自主地想象自己成为故事中的一员，与角色同呼吸共命运。这种沉浸式的体验让我们感受到了创作的乐趣和力量，也鼓励我们在现实生活中勇于追求梦想、挑战自我。

影视欣赏是家庭生活中不可或缺的一部分。它让我们的生活更加丰富多彩、充满情趣；它加深了家人之间的情感联系、增进了彼此的了解与信任；它也让我们在享受娱乐的同时拓宽了视野，增长了见识。在未来的日子里，愿我们都能继续珍惜这份独特的情感体验，与家人一起在光影的世界里寻找更多的快乐与感动。

四、培养艺术兴趣，让家更有深度

在我们这个充满欢声笑语的家庭里，书画和诗词不仅是装饰家庭的艺术品，更是我们情感交流的纽带，是墨香四溢的文化传承。每当闲暇之余，家人们总会围坐在书房，挥毫泼墨，或临摹古人佳作，或书写自己的心得，书画诗词之间，情感流淌，墨香四溢。

爷爷是个书画爱好者，闲暇之余总喜欢挥毫泼墨，创作出一幅幅精美的作品。他的书房里挂满了各式各样的书画，有山水画、花鸟画，还有那些题诗写字的书法作品。每一幅都凝聚了爷爷的心血和情感，每一笔都流露出他对书画的热爱和执着。

记得小时候，我常常坐在爷爷的书房里，看他一笔一画地写字、画画。那时的我，虽然还不懂什么是艺术，但被那股墨香深深吸引。因此，我常常模仿爷爷的样子，拿起毛笔在纸上涂鸦，虽然画得不成样子，但爷爷总是耐心地教我，鼓励我。

渐渐地，我也对书画产生了浓厚的兴趣。我开始学习书法，从基本的笔画开始，一笔一画地练习。每当我写出一个漂亮的字，爷爷总是会给予我鼓励和赞美，让我更加坚定了学习书画的决心。

除了书法，我也开始学习绘画。从简单的花草开始，我逐渐尝试画山水、人物。虽然过程艰辛，但每当我看到自己的作品，心中都充满了成就感。而那股淡淡的墨香，也仿佛成为我创作时的最佳伴侣。

在书画的世界里，我们家庭的情感得到了更好的表达。每当家里有重要的节日或喜庆场合，爷爷总会挥毫泼墨，创作出一幅幅寓意吉祥、充满祝福的书画作品。这些作品不仅装饰了我们的家，更传递了我们家庭的和睦与幸福。

而在日常生活中，书画也成了我们家庭交流的一种方式。每当我有什么心事或烦恼，我都会用画笔将它们画出来。爷爷则会用他独特的视角为我解读画作中的情感与寓意，给我以启示和鼓励。这种交流方式让我们更加了解彼此，也让我们的家庭关系更加和谐融洽。

随着时间的推移，我对书画的热爱越来越深。我开始尝试将传统的书画元素与现代的艺术形式相结合，创作出属于自己的独特艺术作品。这些作品不仅得到了家人的认可与喜爱，也在一些展览和比赛中获得了不错的成绩。

而爷爷看到我在书画领域的进步与成就，也感到无比欣慰与骄傲。他常说："书画传情，墨香四溢。咱们家因为有了书画，变得更加有韵味、有情感。"

书画已经成为我们家庭生活中不可或缺的一部分。它不仅让我们在忙碌的生活中找到了一丝宁静与安逸，更让我们在墨香中感受到了文化的厚重与传承。每当看到那些挂在墙上的书画作品，我们都会想起那些与书画相伴的美好时光，心中充满了温馨与幸福。

家中的诗意也如春日的微风，无处不在，轻轻拂过每一个角落，让人心旷神怡。墙壁上，那一幅幅诗词挂画仿佛是古人的灵魂在低声吟唱，每一笔、每一画都蕴含着深邃的情感和无尽的智慧。书架上，诗词集册整齐排列，它们像是时间的见证者，默默诉说着历史的沧桑与文化的积淀。

餐桌上，那些精美的诗词餐具更是别具一格，它们将诗词的韵味融入日常生活，让每一餐都充满了文化的气息。每当家人围坐在一起，品味着美食的同时，也在品味着诗词的韵味，享受着这诗意生活的美好。

家人们更是以诗为媒，用诗词来表达情感与思想。我们会一起朗诵经典诗词，那些流传千古的名句在口中流淌，仿佛能听到古人的心跳和呼吸。在诗词的世界里，我们与古人对话，感受着古人的智慧与情感，也找到了自己的精神寄托。

有时，我们也会一起创作诗词，用文字来抒发内心的情感与感悟。每一首诗、每一首词都是我们对生活的独特理解和感悟，是我们情感的流淌和表达。在这些诗词中，家人们彼此的心灵得到了更深的沟通和交流，也让家庭的生活情趣充满了浪漫与温情。

这诗意生活的时光，仿佛是一幅流动的画卷，让人陶醉其中。它不仅让家人们感受到了诗词的韵律与美感，更让家庭的生活情趣充满了浪漫与温情。在这样的家中，每一天都充满了诗意与浪漫，让人心生向往，也让人倍感珍惜。

营造好家庭

第五编
美好幸福家庭面面观

家庭，承载着无尽的欢笑与泪水，孕育着希望与梦想。在这个小小的世界里，我们学会了爱，学会了成长，更学会了珍惜。今天，就让我们一起走进这个充满爱与温暖的地方，领略那美好幸福的家庭画卷。

第一节 爱国爱家，坚定信仰，忠于祖国，报效人民

在浩渺的历史长河中，中华民族一直以其独特的文化魅力和坚韧的民族精神屹立于世界之林。爱国爱家、坚定信仰、忠于祖国、报效人民，这不仅是中华民族的传统美德，更是每一个中华儿女内心深处的坚定信念。

一、爱国爱家，情深意切

在这片古老而充满活力的华夏大地上，名人志士的爱国情怀如同一颗颗璀璨的星辰，熠熠生辉。他们的爱国情怀，往往源于

家庭那无声的熏陶，那份深厚的家国情怀在他们心中生根发芽，绽放出绚丽的光彩。

我是中国人民的儿子，我深情地爱着我的祖国和人民。

让我们先聊聊一代伟人邓小平。他的爱国情怀，仿佛是从家中那盏永不熄灭的灯火中传承而来。父亲邓绍昌，一位铁骨铮铮的爱国志士，早年便投身于辛亥革命的洪流之中，为国家的独立与自由浴血奋战。这样的家庭背景，如同一块肥沃的土壤，孕育着邓小平那颗热爱祖国的种子。他曾在多个场合深情地说："我是中国人民的儿子，我深情地爱着我的祖国和人民。"这份爱，不仅仅是口头上的表白，更是他一生为国为民、鞠躬尽瘁的真实写照。在他的领导下，中国开启了改革开放的新篇章，国家面貌焕然一新，如同破晓的曙光，照亮了前行的道路。

再来说说科学巨匠钱学森。他的爱国情怀，同样源于家庭那份深沉而执着的情感。父亲钱均夫，一位博学多才的爱国教育家，早年留学日本，深受近代科学文化的熏陶。

在父亲的言传身教下，钱学森从小就立下了报效祖国的宏愿。他曾在海外求学多年，但心中始终牵挂着祖国。每当谈及回国之事，他的眼中总是闪烁着坚定的光芒。回国后，他全身心地投入到国防科技事业中，为中国的航天事业作出了杰出贡献。他的爱国情怀和奉献精神，就像那夜空中最亮的星，指引着后人前行的方向。

还有一位我们不能忘记的体育明星——姚明。他的家庭，同样是一个充满爱国情怀的温馨港湾。父母都是篮球运动员，他们用自己的汗水和努力为国家争光。姚明从小就在父母的熏陶下，学会了如何为国争光、为民族争气。他的每一次跳跃、每一次投篮，都凝聚着对祖国的深情厚谊。在国际赛场上，他凭借出色的表现赢得了无数荣誉，也赢得了无数人的尊敬和爱戴。他的爱国情怀和拼搏精神，就像那赛场上的火焰，燃烧着每一个观众的心。

爱家，是每个人对家庭的深厚眷恋和无私付出。家庭是社会的细胞，是每个人成长的摇篮。我们应该珍惜家庭的和睦与幸福，用心呵护每一个家庭成员，让家成为我们心灵的港湾。著名钢琴家郎朗的音乐才华世界闻名，他的钢琴演奏充满了激情与感染力。其实，在这位音乐巨星的背后，有一个默默支持他的家庭。郎朗曾在多个场合表示，家庭是他音乐道路上最重要的支撑力量。他的父母为了他的音乐梦想付出了巨大的努力，他们的支持和关爱让郎朗能够在音乐的道路上勇往直前。郎朗也用自己的音乐回报着家人的爱，他的演奏中充满了对家庭的感激与敬爱。

爱国爱家，就是要把对祖国和家庭的深情厚谊融入日常生活中，用实际行动去践行这一美德。我们要时刻保持对祖国的热爱和对家庭的关怀，让这份情感成为我们前进的动力。

锦言

1. 人生自古谁无死？留取丹心照汗青。

——文天祥

这句诗表达了诗人对国家、对民族的忠诚与热爱，即使面临生死存亡的关头，也要保持一颗赤子之心，为国家的繁荣富强而奋斗。

2. 先天下之忧而忧，后天下之乐而乐。

——范仲淹

这句话体现了爱国者的责任与担当，他们总是把国家的利益放在首位，忧国忧民，愿意为了国家的繁荣富强而付出一切。

3. 祖国如有难，汝应作前锋。

——陈毅

这句诗表达了革命者对祖国的深厚感情和无私奉献的精神，他们愿意在祖国需要的时候挺身而出，为祖国的繁荣昌盛贡献自己的力量。

二、坚定信仰，砥砺前行

信仰，是人生的精神支柱和力量源泉。一个拥有坚定信仰的人，无论面对多大的困难和挑战，都能保持坚定的信念和勇往直前的勇气。

在历史的长河中，有些名字如同璀璨的星辰，照亮了人类文明的天空。在这些伟大的灵魂中，有一位音乐家，他的音乐如同狂风骤雨般震撼人心，他的信仰如同磐石般坚定不移。他，就是贝多芬。在这位音乐巨匠的背后，隐藏着一个鲜为人知的家庭故事，正是这个家庭的影响，塑造了他坚强不屈、永不放弃的品格。

贝多芬出生于德国的一个音乐世家，他的父亲是一位宫廷乐师，母亲则是一位贤良淑德的女性。贝多芬就是在音乐的熏陶下成长。父亲对音乐的热爱和执着，深深地感染了他。每当夜幕降临，父亲总会坐在钢琴前，弹奏出优美的旋律，那些音符如同精灵般跳跃在空气中，激发了贝多芬对音乐的无限向往。

贝多芬的童年并非一帆风顺。他的父亲对他的教育非常严格，甚至可以说是苛刻。他要求贝多芬每天进行长时间练习，不容许他有丝毫的懈怠。这种教育方式让贝多芬的音乐才华得到了充分的挖掘，也给他带来了沉重的心理压力。然而，正是在这种压力下，贝多芬逐渐形成了坚韧不拔的性格和对音乐的坚定信仰。他相信音乐能够超越语言的界限，能够触及人的心灵深处。因此，他总是在音乐中倾注自己的全部热情和才华，力求创作出能够震撼人心的作品。他的音乐充满了力量和激情。

贝多芬的人生充满坎坷。在他创作的高峰期，他遭遇了失聪的打击。这对于一个音乐家来说，无疑是致命的。然而，贝多芬并没有因此而沉沦。他坚信音乐的力量能够帮助他走出一切困境。他用自己的坚毅，克服了失聪带来的困难，继续创作出了一部又一部震撼人心的音乐作品。

在贝多芬的音乐中，我们仿佛能够听到他对社会、命运、病痛的反抗和挑战。那铿锵有力的旋律，如同他坚韧不拔的性格；那激昂澎湃的情感，如同他对音乐事业的执着追求。他用自己的音乐诠释了信仰的力量和人生的价值，成为我们心中永恒的偶像和榜样。

在新时代的征程中，我们更需要像贝多芬一样坚定信仰、砥砺前行。我们要相信自己的能力和潜力，勇于面对困难和挑战，保持对梦想的执着追求，用自己的实际行动去践行使命。

锦言

1. 路漫漫其修远兮，吾将上下而求索。

——屈原

这句话表达了屈原对于人生道路漫长而艰难的深刻认识，但同时也展现了坚定的信仰和不懈的探索精神。它告诉我们，无论前方的道路多么曲折艰难，我们都应该保持坚定的信念，不断前行，探索未知的领域，实现自己的价值。

2. 古之立大事者，不惟有超世之才，亦必有坚忍不拔之志。

——苏轼

这句话告诉我们，成就大事的人不仅要有非凡的才华，更要有坚定的信念和坚韧不拔的意志。只有拥有这种精神力量，才能在人生的道路上克服重重困难，取得辉煌的成就。

3. 千磨万击还坚劲，任尔东西南北风。

——郑燮

这句话以竹子的坚韧为喻，告诉我们即使遭受千锤百炼，也要保持坚定的信念和坚强的意志。无论面对怎样的挑战和困难，我们都要有勇气去迎接它们，用坚定的信仰和不懈的努力去战胜它们。

三、忠于祖国，赤诚之心

忠于祖国，是每个公民的基本义务和神圣职责。我们要始终牢记自己的国籍和民族身份，时刻维护国家的尊严和利益。

岳飞不仅是南宋时期的抗金名将，更是忠诚于祖国的典范。这份忠诚，深深植根于他的家庭，是从小受到父母教诲的结果。

岳飞出生于一个普通的农家，家境并不富裕，但他的父母深知教育的重要性。尤其是他的母亲姚氏，一位贤良淑德的女性，她以自身的言行教导岳飞要忠诚于国家，孝顺于父母。在岳飞年幼时，姚氏便时常讲述古人的忠孝故事，还在他的背上刺下“精忠报国”四字。这不仅是母亲对他的期望，更是对他日后行为的鞭策。

岳飞自幼聪明好学，勤奋刻苦，他不仅精通武艺，还饱读诗书。他深知，只有不断提升自己，才能更好地为国家效力。在父母的悉心教导下，岳飞逐渐成长为一名有志青年，他怀揣着报国之志，时刻准备着为国家的繁荣富强贡献自己的力量。

南宋时期，国家面临着金国的侵略和威胁。岳飞看到国家的危难，心中的报国之情愈发强烈。他毅然决定投身军旅，用自己的武艺和智慧保卫国家。在军队中，岳飞以身作则，严于律己，他对待士兵如同兄弟，赢得了士兵们的尊敬和爱戴。他率领的岳家军，纪律严明，作战勇猛，成为南宋军队中的一支劲旅。

在与金军的战斗中，岳飞屡次立下赫赫战功。他率领岳家军奋勇杀敌，收复失地，保卫了国家的领土和人民的安全。他的忠诚与勇敢赢得了人民的尊敬和爱戴，他的名声也传遍了大江南北。

然而，岳飞的忠诚与爱国却遭到了奸臣的嫉妒和陷害。秦桧等人以莫须有的罪名陷害岳飞，将他关入大牢。在狱中，岳飞遭受了残酷的折磨和侮辱，但他始终不屈不挠，坚守着自己的信念。他写下了《满江红》等感人肺腑的词篇，表达了自己对祖国

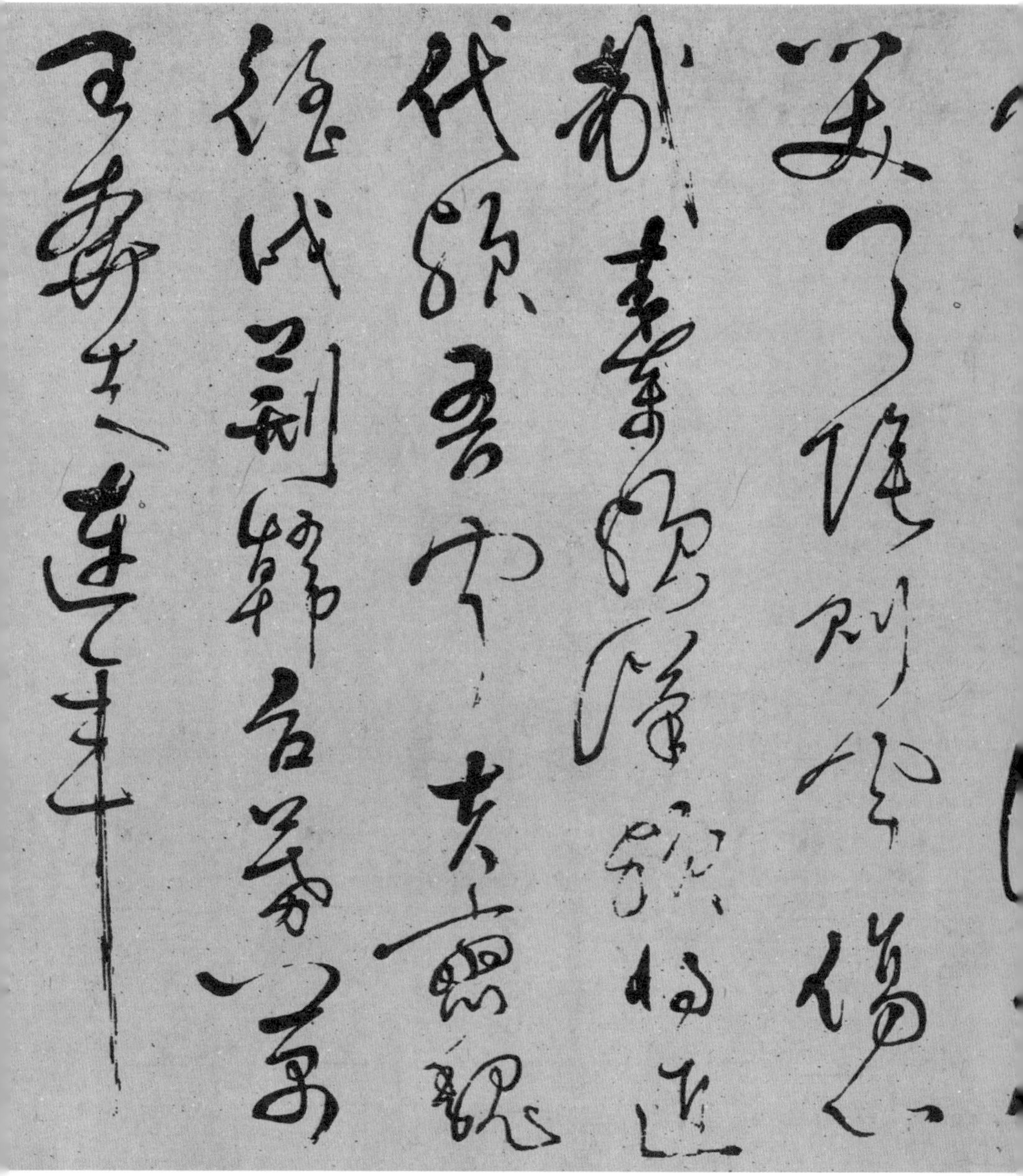

南宋 岳飞 草书《悼古战场文》（局部）

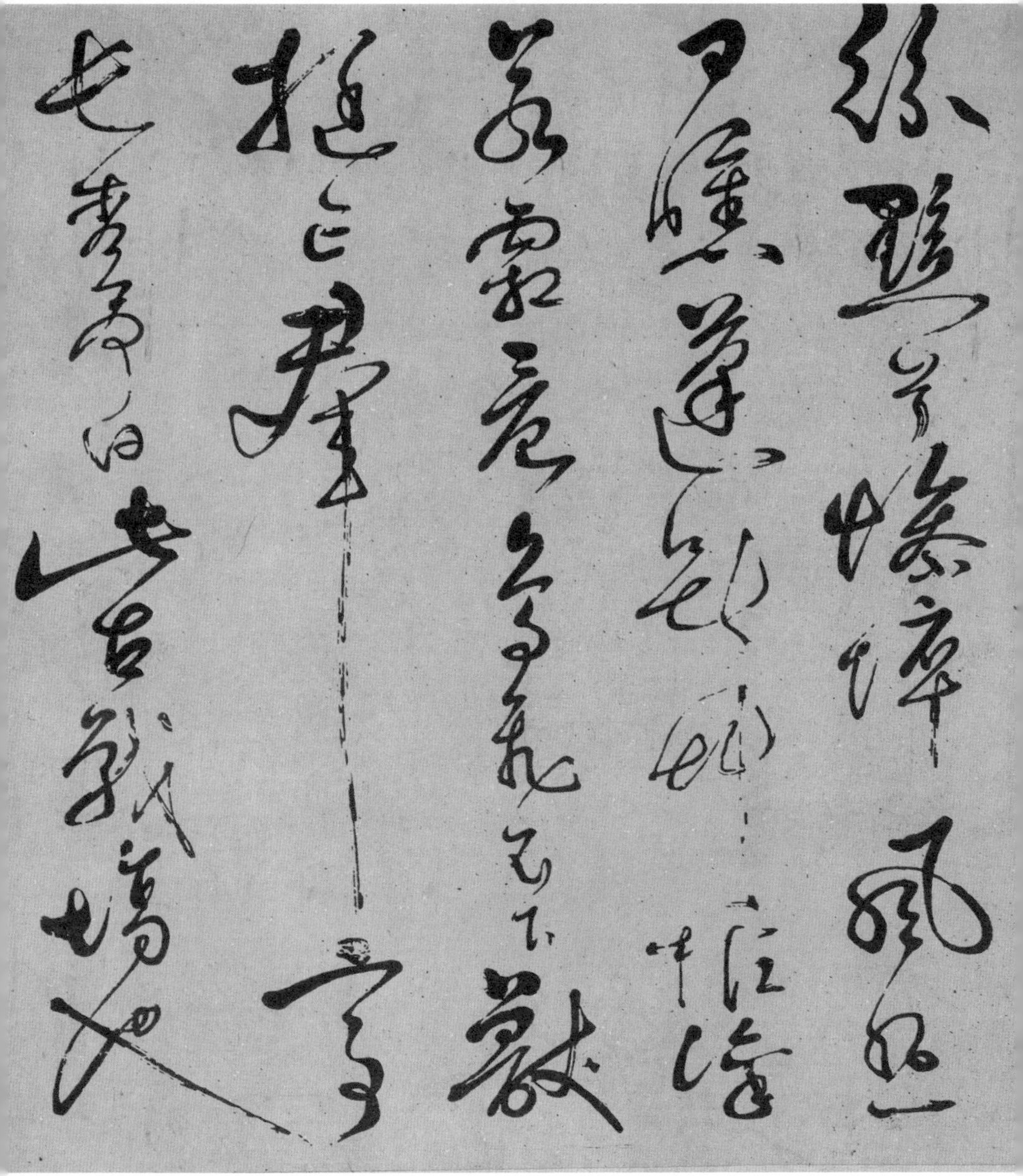

的深深眷恋和忠诚。

最终，岳飞被奸臣陷害含冤而死。他的死讯传开后，人们无不痛哭流涕，为这位忠诚于祖国的英雄感到惋惜。岳飞的忠诚与爱国情怀永远铭刻在人们的心中，他的事迹也成了后世传颂的佳话。

作为新时代的中国人，我们应该以岳飞为榜样，在国家面临困难和挑战时，我们要挺身而出，为国家的繁荣富强贡献自己的力量。我们要积极参与国家的建设和发展，用自己的智慧和汗水书写新时代的华章。

祖国是我们的根和魂，是我们成长的土壤和源泉。

同时，我们还要时刻保持对祖国的热爱和感激之情。祖国是我们的根和魂，是我们成长的土壤和源泉。我们要珍惜祖国的每一片土地、每一份资源，用实际行动去回报祖国的养育之恩。

锦言

1. 位卑未敢忘忧国，事定犹须待阖棺。

——陆游

这句诗表达了诗人自己虽然地位卑微，但从未忘记对国家的忧虑和关心。陆游的一生都在为国家的繁荣富强而努力奋斗，直到生命的最后一刻。

2. 祖国，我永远忠于你，为你献身，用我的琴声永远为你歌唱和战斗。

——冼星海

这句话展现了冼星海对祖国的深厚情感。他愿意用自己的音乐为祖国歌唱，为祖国战斗，展现了对祖国的无比忠诚与热爱。

3. 天下兴亡，匹夫有责。

——顾炎武

这句话意味着国家的兴衰与每一个公民都息息相关。每个人都应该承担起对祖国的责任，为国家的繁荣富强贡献自己的力量。顾炎武用这句话强调了公民对祖国的忠诚与担当。

四、报效人民，无私付出

在中国的历史长河中，无数英雄豪杰用自己的行动诠释着报效人民、无私付出的崇高精神。在这些英雄中，有一位名叫李大钊的人物，他的事迹尤为感人至深。李大钊的成长和家庭背景紧密相连，正是家庭的熏陶和影响，塑造了他为国为民的品质。

李大钊出生于一个普通的农民家庭，家境并不富裕。父母辛勤劳作，节衣缩食，为的就是让李大钊能够读书识字，将来有所作为。在父母的悉心教导下，李大钊从小便养成了勤奋好学、乐于助人的品质。

李大钊的父亲是一位有着深厚爱国情怀的人，他常常给李大钊讲述国家的历史和英雄事迹，让他明白作为一个中国人，应该时刻牢记国家的利益和人民的福祉。这些故事在李大钊的心中留下了深刻的烙印，激发了他报效人民、为国家贡献力量的决心。

随着年岁的增长，李大钊逐渐展现出了卓越的才华和领导能力。他积极投身社会活动，关心人民的疾苦，努力为群众排忧解难。他深知，要想真正报效人民，就必须深入了解人民的需求，为他们提供实实在在的帮助。

在一次偶然的机会中，李大钊接触到了马克思主义思想，这为他指明了前进的方向。他深感马克思主义是拯救国家和人民的真理，于是毅然决然地投身于传播马克思主义、推动社会变革的事业中。

李大钊四处奔走，宣传马克思主义思想，组织工人运动，为人民的解放事业献出了自己的全部力量。他不怕牺牲，不惧艰险，始终坚守在斗争的最前沿。他的事迹感动了无数人，越来越多的人加入他的队伍中，共同为人民的解放事业奋斗。

1927年4月，李大钊被奉系军阀逮捕，在北京英勇就义，他的生命永远定格在了那个为人民奋斗的时刻。他的离去让无数人痛惜不已，但他的精神却永远留在了人们的心中。

人民是历史的创造者，是国家的主人。报效人民，就是要把人民的利益放在首位，为人民的幸福安康贡献自己的力量。在新时代的征程中，我们应该以这些英雄人物为榜样，将家庭影响转化为报效人民、无私付出的具体实践。

锦言

1. 捧着一颗心来，不带半根草去。

——陶行知

这句简单却深邃的话语，表达了他对教育事业的忠诚和对人民的深厚情感。他全身心投入教育事业，无私奉献，不求回报，只为培养更多的人才，为人民的福祉贡献自己的力量。

2. 人的生命是有限的，可是，为人民服务是无限的，我要把有限的生命，投入到无限的为人民服务之中去。

——雷锋

这句话表达了雷锋对人民的无私奉献精神。他短暂的一生都在为他人着想，乐于助人，用实际行动诠释了什么是真正的人民公仆。

3. 我毕生的追求就是让所有人远离饥饿。

——袁隆平

袁隆平作为“杂交水稻之父”，他的这句话彰显了他对农业科技的执着追求和对人民的深切关怀。他致力于提高粮食产量，解决人民的温饱问题，为人民的幸福生活作出了巨大贡献。

爱国爱家、坚定信仰、忠于祖国、报效人民，这不仅是中华民族的传统美德，更是新时代青年应该具备的品质。让我们携手并进，共同为祖国的繁荣富强和人民的幸福安康贡献自己的力量！

第二节 孝敬长辈，善待兄弟，友好近邻，助人为乐

在家庭这个温馨的小宇宙中，每一颗星星都闪耀着独特的光芒。它们分别是孝敬长辈的星光、善待兄弟的暖阳、友好近邻的和风，以及助人为乐的甘泉。这四种美德相互辉映，交织出一首首动人心弦的家庭之歌。

一、孝敬长辈：孝为先，爱无边

在我国，孝道始终是民族文化的核心。孝敬长辈，不仅仅是

一种道德责任，更是一种情感的传承。

著名的物理学家杨振宁先生。他以卓越的学术成就和深厚的家国情怀赢得了世人的尊敬，而他对父亲的孝心与深情，更是成了一段家喻户晓的佳话。

杨振宁的父亲是一位博学多才的学者，对儿子寄予了厚望。在杨振宁的成长过程中，父亲不仅是他学术上的引路人，更是他生活中的坚强后盾。而杨振宁对父亲的孝心与关怀，也体现在生活的点点滴滴之中。有一次，杨振宁得知父亲突然生病的消息，立刻放下手头的工作，从国外赶回家中。他亲自为父亲熬药、喂饭，细心照料父亲的生活起居。在父亲的病榻前，他日夜守候，在杨振宁的精心照料下，父亲的病情逐渐好转。但杨振宁并没有因此松懈下来，他继续关心着父亲的身体状况，时常陪伴父亲散步、聊天，让父亲感受到他的关爱与陪伴。

1964年3月23日，杨振宁加入了美国国籍，这个决定对于他来说并不容易。他曾在接受采访时提到这是一个很痛苦的决定，而且他深知，父亲对他加入美国国籍深感不满，在1983年作了这样的记述："我知道，直到临终前，对于我的放弃故国，他（父亲）在心底里的一角始终没有宽恕过我。"

随着时间的流逝，杨振宁对祖国的思念和对父亲的愧疚感越来越强烈。经过深思熟虑之后，在2015年4月，杨振宁正式放弃了美国国籍，回归了中国国籍。这一消息引起了广泛的关注和讨论。有人对他的决定表示理解和支持，认为他是一位有责任感和爱国情怀的科学家；也有人对他的决定表示遗憾和不解，认为他放弃了在美国的优越条件。

然而，无论外界如何评说，杨振宁都坚定地走在自己的道路上。他用自己的行动诠释了孝道和家国情怀的真谛，成为一位备受尊敬和爱戴的科学家和爱国者。

孝敬长辈，不仅仅是物质上的供养，更重要的是精神上的慰藉。我们要用心去理解长辈的需求，用爱去温暖他们的心灵。当我们用孝心去对待长辈时，我们会发现，这份爱其实也在滋养着我们自己，让我们变得更加成熟、更加坚强。

当我们用孝心去对待长辈时，我们会发现，这份爱其实也在滋养着我们自己，让我们变得更加成熟、更加坚强。

当然，孝敬长辈并不意味着盲从，而是要在尊重和理解的基础上，与他们共同成长、共同进步。只有这样，我们才能真正做到孝敬长辈，让他们安享晚年，也让我们自己成为家庭的骄傲。

锦言

1. 父母之所爱亦爱之，父母之所敬亦敬之。

——孔子

这句话教导我们，要爱父母所爱的人，敬父母所敬的人。这种推爱推敬的态度，是孝敬长辈的重要体现。

2. 老吾老，以及人之老。

——孟子

这句话告诉我们，要尊敬和照顾自己的长辈，同时也要将这种尊敬和照顾延伸到其他长辈身上。这种推己及人的孝道精神，是中华民族传统美德的重要体现。

3. 羊有跪乳之恩，鸦有反哺之义。

——《增广贤文》

这句话用羊和鸦的行为来比喻人类的孝道，强调子女应该报答父母的养育之恩，体现了中华民族对孝道的重视。

二、善待兄弟：手足情深，共克时艰

兄弟，是生命中最重要的伙伴之一，他们与我们共同成长，共同面对生活的挑战。兄弟情谊一直被视为家庭伦理的重要组成部分。无数动人的故事传颂着兄弟间深厚的情谊和无私的付出。

苏轼与苏辙，两人同为北宋时期的文学巨匠，他们的名字在中国文学史上熠熠生辉。他们之间的兄弟情谊更是为人称道，成为千古佳话。

苏轼与苏辙从小一起长大，共同度过了许多欢乐与艰辛的时光。他们一起学习、一起游玩，彼此间的感情深厚无比。在成长的道路上，他们相互扶持、共同进步，成为彼此生命中不可或缺的存在。

命运却给他们带来了不少考验。苏轼因政治风波多次被贬谪，生活境遇十分艰难。而苏辙则始终陪伴在哥哥身边与他共渡难关，甚至不惜放弃自己的前程。有一次，苏轼因为得罪了权贵而被贬到了偏远的黄州。那里的生活条件极为艰苦，苏轼的心情也异常低落。然而，苏辙却毫不犹豫地选择了陪伴在哥哥身边。他带着家人一起来到黄州，与苏轼共同面对生活的困境。在黄州的日子里，他们一起耕田、种地，虽然生活清苦，但兄弟间的情谊却愈发深厚。

除了在生活上相互扶持外，苏轼与苏辙在文学上也相互激励、共同进步。他们经常一起探讨文学创作的问题，互相交流心得。在彼此的启发下，他们的文学造诣不断提高，创作出了许多脍炙人口的作品。

苏轼的诗词豪放不羁、意境深远，而苏辙的文章则严谨朴实、逻辑严密。两人虽然风格迥异，但都在各自的领域里取得了卓越的成就。他们的作品不仅成为后人学习的典范，更是在中国文学史上留下了浓墨重彩的一笔。

苏轼与苏辙的兄弟情谊不仅体现在他们个人的成长和文学成就上，更对整个家庭产生了深远的影响。他们的家族因此成了一个团结和睦、充满爱的大家庭。在他们的影响下，家族中的其他成员也都相互关爱、和睦相处，形成了一种良好的家风。

这种家风不仅让家族成员们在生活中相互扶持、共同进步，更让他们在面对困难和挑战时能够团结一心、共克时艰。在这种家庭氛围的熏陶下，家族中的后代们也都继承了前辈们的优良传统，成为品德高尚、才华横溢的人才。

苏轼与苏辙的兄弟情深不仅成为他们个人生命中的宝贵财富，更成为中国家庭伦理文化中的一道亮丽风景线。兄弟间的情谊是家庭和睦、社会和谐的重要基石。只有相互关爱、相互扶持，我们才能共同度过人生的风风雨雨，创造出更加美好的未来。

锦言

1. 本是同根生，相煎何太急？

——曹植

这句诗以同根而生的植物为喻，提醒我们兄弟之间应该互相扶持、互相帮助，而不是互相争斗、互相伤害。

2. 兄弟和，虽穷氓小户必兴；兄弟不和，虽世家宦族必败。

——曾国藩

这句话告诉我们，兄弟之间的和睦是家庭兴旺的关键。即使家庭出身贫寒，只要兄弟之间和睦相处，共同努力，就一定能够兴旺发达。反之，即使出身富贵之家，如果兄弟之间不和，家庭也必然会衰败。

3. 兄弟齐心，其利断金。

——佚名

这句话流传甚广，它强调了兄弟之间团结一心的重要性。只要兄弟们齐心协力，就能够克服一切困难，取得巨大的成功。

三、友好近邻：睦邻友好，共筑和谐

在中国的传统文化中，有一句话广为流传："远亲不如近邻。"这句话简洁而深刻地揭示了人们在日常生活中与邻居之间建立起的深厚情谊。在历史的长河中，不乏这样的例子，其中最为人们津津乐道的，莫过于京剧大师梅兰芳与他的邻居之间的故事。

梅兰芳，京剧界的璀璨明星，他的表演艺术独步天下，为世人所敬仰。然而，在这位艺术大师的生活中，他与邻居之间的关系却并非高不可攀，而是充满了生活的烟火气和人间的温情。

梅兰芳的故居位于北京的一条古色古香的小巷中，这里的邻居们大多是一些普通的市民，他们与梅兰芳一样，过着平凡而真实的生活。梅兰芳从不因自己的名声而高高在上，反而与邻居们保持着一种亲密而自然的关系。

每当梅兰芳在家中练习唱腔或身段时，邻居们都会闻声而来，聚在他的院子里，一边欣赏他的表演，一边为他鼓掌喝彩。梅兰芳也会热情地邀请他们进入家中，与他们分享自己的艺术心

江苏泰州梅园：梅兰芳纪念馆

得和生活感悟。这些邻居虽然不是专业的戏曲爱好者，但他们的真挚和热情，给了梅兰芳莫大的支持和鼓励。

在日常生活中，梅兰芳与邻居们更是互相关照，亲如一家。有一次，梅兰芳因为一场演出劳累过度而病倒了，邻居们得知消息后，纷纷前来探望，有的带来了自己熬制的药汤，有的送来了新鲜的水果，还有的则主动承担起了照顾梅兰芳日常生活的责任。在邻居们的精心照料下，梅兰芳的身体很快得到了恢复。

除了日常的关照，梅兰芳还会在节日里邀请邻居们一起庆祝。无论是春节的包饺子，还是中秋的赏月、品茶，梅兰芳都会把邻居们当作自己的亲人一般对待。在这些欢乐的时刻里，梅兰芳与邻居们共同分享着生活的喜悦和温暖。

更难能可贵的是，梅兰芳与邻居们在面对困难时，更是相互扶持，共渡难关。在那个特殊的年代，梅兰芳的艺术事业曾一度受到打压和迫害，他的生活也陷入了困境。然而，在这个艰难的时刻，邻居们没有离他而去，反而更加坚定地站在了他的身边。他们用自己的方式守护着这位艺术大师，为他送去食物和衣物，为他传递外界的消息，让他感受到了人间的温暖和力量。

在梅兰芳的心中，这些邻居早已不仅仅是邻居那么简单，他们更是他的亲人、他的朋友。他曾在日记中这样写道：“我的邻居们，他们是我生活中不可或缺的一部分。他们的热情、真诚和善良，让我感受到了人间的美好和温暖。我深深地感激他们，也深深地爱着他们。”

梅兰芳与邻居之间的深厚情谊，不仅仅体现在日常生活的点滴关照中，更体现在他们共同面对困难时的相互扶持。他们的故事，不仅仅是一段段温馨的回忆，更是一曲曲动人的赞歌，歌颂着人间真情的伟大和美好。

锦言

1. 乡田同井，出入相友，守望相助，疾病相扶持，则百姓亲睦。

——孟子

这句话强调了邻里之间应该互相帮助、互相关心，共同营造和谐亲密的社区氛围。

2. 千里修书只为墙，让他三尺又何妨。万里长城今犹在，不见当年秦始皇。

——张英

清代文人张英这首诗通过描述让地三尺的故事，强调了邻里之间应该相互宽容、退让，以和为贵。

3. 邻睦风亦暖，家和人自康。

——佚名

这句锦言简洁明了地表达了邻里和睦、家庭和谐对于个人和社会的重要性，强调了和谐邻里关系对于营造良好社会环境的作用。

四、助人为乐：赠人玫瑰，手有余香

助人为乐是一种崇高的品德，它让我们在帮助他人的过程中感受到无尽的快乐。无论是帮助陌生人解决困难，还是为身边的人提供力所能及的帮助，都是助人为乐的表现。

在中国有一个名字，如同春风般温暖人心，如同阳光般照亮人们前行的道路，他就是郭明义。一个普通的铁矿工人，却以不平凡的善举赢得了无数人的尊敬和赞誉。他的故事，就像一部生动的助人为乐的教科书，让人们感受到人间真情的温暖和力量。

郭明义出生于一个普通的矿工家庭，从小在父母的言传身教下，学会了诚实守信、乐于助人。他的父母虽然生活清贫，但总是尽自己所能去帮助那些需要帮助的人。他们常常告诉郭明义："人活着不能只想着自己，要多为别人着想。"这些朴素的话语，深深地烙印在郭明义的心中，成为他日后助人为乐的动力源泉。

长大后，郭明义成为一名铁矿工人，他用自己的勤劳和智慧，为企业的发展做出了贡献。然而，他并没有因此而满足，反而更加关注社会公益事业。他深知，一个人的力量虽然有限，但只要每个人都伸出援手，就能汇聚成一股强大的力量，帮助更多的人。

于是，郭明义开始了他的助人为乐之路。他利用业余时间，积极参加各种志愿服务活动，为贫困地区的孩子们捐款捐物，为孤寡老人送去温暖和关爱。他的善举感动了越来越多的人，越来越多的人加入他的行列中来，共同为社会贡献爱心。

郭明义的家庭，也因为他的影响而充满了爱的气息。他的妻子是一个贤良淑德的女人，她深知郭明义的事业有多么重要，因此始终默默地支持着他。他们的孩子，也在父母的言传身教下，学会了关爱他人、助人为乐。每当郭明义忙碌于公益事业时，妻子总是默默地为他准备好行囊，孩子们也会争着抢着为他分担家务。

有一次，郭明义得知一处偏远山区的孩子们因为家庭贫困而无法上学，他立刻决定要帮助他们。他发动身边的亲朋好友一起捐款捐物，还亲自前往山区，为孩子们送去了书包、文具和衣物。在他的带动下，越来越多的人加入这个爱心行动中来，最终帮助那个山区的孩子们圆了上学梦。

“他总看别人，还需要什么；他总问自己，还能多做些什么。他舍出的每一枚硬币，每一滴血都滚烫火热。他越平凡，越发不凡，越简单，越彰显简单的伟大。”

2010年，郭明义当选为“感动中国人物”，组委会撰写的颁奖词是：“他总看别人，还需要什么；他总问自己，还能多做些什么。他舍出的每一枚硬币，每一滴血都滚烫火热。他越平凡，越发不凡，越简单，越彰显简单的伟大。”

锦言

1. 爱人者，人恒爱之；敬人者，人恒敬之。

——孟子

这句话指出，如果我们乐于关爱和帮助他人，那么我们也会得到他人的关爱和尊重。这强调了乐于助人与获得他人支持之间的正向循环。

2. 兼相爱，交相利。

——墨子

这句话主张人们应该相互关爱、相互帮助，实现共同利益，这是乐于助人精神的体现。

3. 助人为快乐之本。

——佚名

这句锦言简洁明了地表达了乐于助人的价值所在，即帮助他人能够带来内心的快乐和满足。

孝敬长辈、善待兄弟、友好近邻、助人为乐这四点美德是我们中华民族传统文化的精髓所在。它们不仅是我们个人的道德准则和行为规范，更是我们构建和谐社会、幸福家庭的基石。让我们从现在开始，从点滴小事做起，用实际行动去践行这些美德，让我们的生活变得更加美好、更加幸福！

第三节 坚守理想，爱岗敬业，勇于担当，甘于奉献

在这浩渺的人生海洋中，我们如同航行者，用理想作为罗盘，以爱岗敬业为帆，以勇于担当为舵，以甘于奉献为锚，乘风破浪，勇往直前。

一、坚守理想，铸就人生航标

每一个家庭都是传承与创新的微小单元，而红色家庭则以其独特的理想之光，照亮了后代的成长之路。以陈志方家庭为例，他们不仅将个人的理想追求融入国家的命运之中，更通过家庭的

言传身教，将这份坚定的信念和不懈的奋斗精神代代相传。

陈志方，这位从江苏无锡走出的外交家，自幼便怀揣着“志在四方”的宏伟理想。他的父母，以天下为己任的教导，为他日后的革命道路奠定了坚实的基础。陈志方的一生，是革命理想与实践相结合的光辉典范。他不仅在战场上英勇无畏，更在外交舞台上展现了中国人的智慧与风采。这份对理想的坚守与追求，不仅成就了他个人的辉煌，更成为了家族中最宝贵的传家宝。

在陈志方的家庭中，理想不仅是个人的追求，更是家庭成员共同的精神支柱。他的妻子王静，同样是一位心怀理想的革命女性。她不仅在战场上英勇抗敌，更在家庭中扮演着贤妻良母的角色，用自己的言行影响着下一代。他们的子女，在父母的熏陶下，也纷纷投身到各自的事业中，用实际行动诠释着对理想的执着追求。

陈越秀，作为陈志方的女儿，她不仅继承了父母的优秀品质，更将这份红色基因发扬光大。她参军入伍，成为一名优秀的军医，用自己的医术为人民的健康保驾护航。在她的身上，我们看到了对理想的坚守、对事业的热爱以及对家庭的责任感。她深知，个人的成长离不开家庭的滋养与支持，而家庭的传承则需要每一代人的共同努力。

陈越秀的家庭经历，是无数红色家庭的一个缩影。他们用自己的实际行动证明了：个人的理想追求与家庭的传承发展是相辅相成的。在红色家庭的熏陶下，孩子们从小就树立了正确的价值观和人生观，他们懂得珍惜来之不易的幸福生活，更懂得为了国家的繁荣富强而努力奋斗。正是有了这样一代又一代人的不懈追求与传承，我们的国家才能不断前进、不断发展。红色家庭不仅是我们民族的骄傲与自豪，更是我们未来发展的不竭动力。

锦言

1. 三军可夺帅也，匹夫不可夺志也。

——孔子

这句话强调了个人意志的坚定，即使面临困境，也不能放弃自己的理想和信念。

2. 长风破浪会有时，直挂云帆济沧海。

——李白

诗句展示了诗人对理想的执着追求和乐观态度，相信只要坚持不懈，终会实现自己的理想。

3. 理想是指路明灯。没有理想，就没有坚定的方向；而没有方向，就没有生活。

——列夫·托尔斯泰

这段话生动形象地说明了理想与家庭传承的密切性，它像一盏明灯，指引着我们前进的方向。

二、爱岗敬业，诠释职业精神

李瑾家庭，一个在平凡中彰显不凡的典范，以其爱岗敬业的精神和深厚的家庭传承，成为了社区乃至更广泛范围内的榜样。他们的故事，是对“忠厚传家远，家和万事兴”这一古训的生动诠释。

李瑾，作为一位优秀的法官，自2008年大学毕业后，便积极响应国家号召，只身前往边陲小城北屯，开始了她的法律职业生涯。凭借着对法律的热爱和不懈的努力，她从一名普通的书记员迅速成长为审判一线的骨干法官。在工作中，她始终秉持精益求精的态度，力求在每一个案件中都能实现公平正义。她不仅是司法改革初期的首批员额法官中年龄最小的一位，还因在繁简分流及多元纠纷解决机制上的积极探索，荣获“自治区法院系统办案标兵”称号。在“扫黑除恶专项斗争”中，她更是主动担当，勇挑重担，展现了新时代女法官的风采，荣获“兵团法院扫黑除恶专项斗争先进个人”嘉奖。此外，她还特别关注妇女儿童权益保护，因此被全国妇联评为“全国维护妇女儿童权益先进个人”。

而李瑾的丈夫陈强，同样是一位爱岗敬业的典范。在北屯税务局工作的16年里，他凭借扎实的业务能力、丰富的管理经验以及对信息技术的深刻理解，成为了一位复合型人才。在每一个岗位上，他都取得了显著的成绩。特别是在疫情期间，作为税务局办公室负责人，他坚决执行单位决策，妥善安排物资采买、防疫慰问、环卫消杀及闭环人员食宿管理等各项工作，展现了高度的责任感和使命感。

李瑾和陈强的家庭，不仅在工作上相互支持、共同进步，更在家庭中传承着优良的家风。他们来自兵团家庭，四代人共同见证了兵团精神的传承与发展。每逢春节，兵团一代的奶奶、兵团二代的父母公婆、兵团三代的李瑾和陈强，带着兵团四代的女儿昕昕，齐聚一堂，其乐融融。这种四世同堂的温馨场景，正是他们家庭传承的最好见证。

李瑾的父亲对李瑾影响深远，他教导女儿要独立自强、努力工作、做对社会有用之人。这种教育理念在李瑾身上得到了完美的体现。她不仅在工作中兢兢业业，还积极参与社会公益活动，用实际行动回馈社会。同时，她也将这种精神传递给了下一代。在教育女儿昕昕时，她和丈夫陈强注重培养孩子的独立性和社会责任感，鼓励孩子积极向上、热心助人。

在疫情期间，李瑾和陈强夫妇更是展现了舍小家为大家的大爱精神。陈强作为税务局的负责人，坚守岗位，全力保障防疫工作的顺利进行；而李瑾则带着女儿在单位闭环工作，通过云开庭保证审判工作不停歇。他们的女儿昕昕也深受父母影响，主动为妈妈单位打扫卫生，自己上网课、制作作业本、拍照上传作业，无须妈妈操心。这种言传身教的方式，让昕昕从小就学会了独立和担当。

李瑾家庭的故事，是爱岗敬业与家庭传承的完美结合。他们用自己的实际行动诠释了什么是忠诚履职、无私奉献；他们用深厚的家庭情感凝聚了家庭的力量；他们更用良好的家风影响了下一代。在这个充满挑战的时代里，李瑾家庭为我们树立了一个光辉的榜样，让我们看到了家庭与社会和谐共生、共同发展的美好未来。

锦言

1. 鞠躬尽瘁，死而后已。

——诸葛亮

这句话是对爱岗敬业精神的最好诠释，它表达了一种为事业、为工作全身心投入的执着与决心。

2. 有一分热，发一分光。

——鲁迅

这鼓励我们在工作中充分发挥自己的光和热，无论职位高低与工作大小，都应保持爱岗敬业的精神，为社会贡献自己的力量。

3. 干一行，爱一行，钻一行。

——老舍

这句话强调了专注和热爱在工作和家庭中的重要性，只有真正热爱自己的工作，才能全身心地投入其中，实现和延续个人的自我价值和社会价值。

三、勇于担当，彰显责任与勇气

勇于担当，是职场人的一种高尚品质。它要求我们在面对困难和挑战时，能够勇敢地站出来，承担起自己的责任和义务。

荣获“全国最美家庭”称号的市税务局干部黄子懿，一个名字背后承载着无数故事与荣耀的年轻人，他的生活轨迹如同一幅生动的画卷，展现了勇于担当的精神风貌与深厚家庭传承的温暖力量。

黄子懿自小就展现出了与众不同的责任感和使命感。在学业上，他勤奋刻苦，不仅成绩优异，还积极参与各类课外活动，用实际行动诠释着“责任”二字的重量。每当学校或社区有需要时，他总是第一个站出来，无论是组织公益活动、帮助困难同学，还是参与环境保护项目，都能看到他忙碌的身影。这种勇于担当的精神，让他在同龄人中脱颖而出，成为了大家学习的榜样。

更为人称道的是，在面临重大挑战时，黄子懿更是展现出了非凡的勇气和决心。一次，社区遭遇了严重的自然灾害，许多家庭遭受了损失。黄子懿迅速组织起一支志愿者队伍，亲自带领大家投入到救援工作中。他协调物资、安抚受灾群众、协助重建家园，夜以继日地工作。他的行动不仅赢得了社区居民的广泛赞誉，也深刻影响了周围每一个人，激发了大家面对困难时的勇气和团结精神。

黄子懿的勇于担当并非一蹴而就，这背后有着深厚的家庭传承作为支撑。他的家族世代以耕读传家，重视教育，更重视品德的培养。黄子懿的祖父是一位受人尊敬的教师，一生致力于教育事业，为乡村的孩子们点亮了知识的灯塔。父亲则是一位成功的企业家，但他从未忘记自己的社会责任，经常参与慈善事业，帮助需要帮助的人。

在这样的家庭环境中成长，黄子懿从小就耳濡目染，学会了如何做人、如何做事。他深知，一个人的力量虽小，但只要勇于担当、坚持不懈，就能汇聚成改变世界的力量。因此，他始终将家族的精神财富视为自己最宝贵的财富，时刻提醒自己要保持谦逊、勤奋、善良和勇敢。

一个人的力量虽小，但只要勇于担当、坚持不懈，就能汇聚成改变世界的力量。

黄子懿的故事，是对勇于担当与家庭传承的最好诠释。他用自己的行动证明了，无论时代如何变迁，勇于担当的精神和深厚的家庭传承都是永恒的财富。

锦言

1. 人生在世，事业为重。一息尚存，绝不松劲。

——吴玉章

这段话说明了在人生中，事业是最重要的，只要还有一口气在，就不能放松对事业的追求和担当。

2. 天下兴亡，匹夫有责。

——顾炎武

这句话强调了每个人都应该为国家的兴衰负责，体现了强烈的担当精神。

3. 人生须知负责任的苦处，才能知道尽责任的乐趣。

——梁启超

这句话诠释了承担责任的重要性，只有经历负责任的苦处，才能真正体会到尽责任的乐趣。

四、甘于奉献，书写人生华章

本溪家庭的奉献精神传承，是一段跨越时空、历久弥新的佳话。在这座东北小城的一隅，有一个家族，他们以“公而忘私，甘于奉献”为家训，历经风雨而不改其志，四代人接力传承，共同书写了一部关于爱与责任的壮丽史诗。

故事的起点，要追溯到家族的创始人——一位在抗日战争和抗美援朝烽火中历练出来的老革命。他亲身经历了国家的苦难与辉煌，深知和平与幸福来之不易。因此，他将自己对国家和人民的深情厚谊，化作了对子女的谆谆教诲，将“公而忘私，甘于奉献”的精神深深烙印在家族的血脉之中。他用自己的革命经历作为最生动的教材，教育子女和后代要时刻铭记历史，不忘初心，勇于担当，无私奉献。

岁月流转，时代变迁，但这份家训如同璀璨星辰，指引着家族成员前行的方向。第二代、第三代人，无论是投身教育、医疗还是科研领域，都始终将家族的精神作为行动的指南，默默耕耘，无私奉献。他们或教书育人，培养了一代又一代的栋梁之材；或救死扶伤，为患者的健康与生命保驾护航；或潜心科研，为国家的科技进步贡献自己的力量。他们的每一次努力，都是对家族精神的最好诠释。

到了第四代，这份精神在孙奕冰身上得到了更加鲜明的体现。孙奕冰，一个承载着家族期望与荣耀的名字，他毅然决然地选择了成为一名人民警察。在这个岗位上，他深知自己肩负的责任重大，不仅要维护社会治安，保障人民安全，更要传承和发扬家族的奉献精神。他深入基层，了解民情，用实际行动践行着“人民公安为人民”的庄严承诺。无论是烈日炎炎下的巡逻执勤，还是寒风凛冽中的紧急救援，都能看到他忙碌而坚定的身影。他用自己的汗水和智慧，守护着这片土地的安宁与和谐，也让家族的奉献精神在新的时代里焕发出了更加耀眼的光芒。

孙奕冰的故事，是本溪家庭奉献精神传承的一个缩影。它告诉我们，无论时代如何变迁，家族的精神财富都是永恒的。正是这种“公而忘私，甘于奉献”的精神，让这个家族在岁月的长河中熠熠生辉，也激励着更多的人去追寻、去传承这份宝贵的财富。在未来的日子里，相信这份精神将继续在更多的家庭中生根发芽、开花结果，为社会的进步与发展贡献更多的力量。

锦言

1. 春蚕到死丝方尽，蜡炬成灰泪始干。

——李商隐

这句诗形容了春蚕和蜡炬无私奉献的精神，即使生命走到尽头，也要将最后一丝力量奉献出来。

2. 我唯一的希望就是多有贡献。

——白求恩

白求恩作为一位国际主义战士，他的这句话表达了他对于奉献的执着追求，希望自己能够多为社会作出贡献。

3. 横眉冷对千夫指，俯首甘为孺子牛。

——鲁迅

鲁迅这句诗表现了他对敌人的坚决斗争和对人民的深情厚谊，甘愿为人民奉献自己的一切。

第四节 热爱学习，敏于思考，精益求精，勇攀高峰

在知识的海洋中，有一群人，他们热爱学习，敏于思考，精益求精，勇攀高峰。他们像一群探险家，在知识的世界里不断探寻，不断前行。

一、热爱学习，点燃智慧之火

热爱学习的人，心中总有一团不灭的火焰，那是对知识的渴望，对智慧的追求。他们如饥似渴地汲取着书本上的知识，像蜜

蜂一样在花丛中采集着智慧的花粉。每当他们翻开一本新书，就像是打开了一个新世界的大门，那里充满了未知和惊奇。

在安徽省凤阳县这片文化底蕴深厚的土地上，孙凌与何大海家庭以其卓越的教育贡献和深厚的文化情怀，成就了一段佳话。这个家族，跨越四代的时光长河，以教育为舟，以书香为帆，共同书写了热爱学习与家庭传承的华章。

孙凌、何大海家庭，作为2021年安徽省“书香之家”的荣耀获得者，其家族成员中超过四十人投身教育事业，更不乏十余位博士、硕士等高学历人才，这一辉煌成就背后，是家族对知识与教育的无尽热爱与执着追求。孙凌老师，自幼便沐浴在书香氛围中，其外公的私塾教育如同春雨般润物无声，在她心中播下了热爱阅读的种子。那首“锄禾日当午”的古诗，不仅是她文学旅程的起点，更是家族优良家风传承的序章。这份对阅读的热爱，如同涓涓细流，汇聚成海，影响着家族中的每一个人，让读书成为了这个家庭最宝贵的传统。

何大海老师，作为家族中另一位教育界的佼佼者，以其深厚的学术功底和无私的奉献精神，在教育园地里辛勤耕耘数十年。他的身影遍布讲台与校园，他用知识的光芒照亮了学生的成长之路，收获了“桃李满天下”的美誉。两位主人公携手并进，不仅在教育领域内取得了显著成就，更在文化传播与家庭教育方面展现出了非凡的远见与智慧。

随着全民阅读浪潮的兴起，孙凌老师敏锐地捕捉到了这一时代脉搏，她联合志同道合的朋友，搭建了“爱上朗读”这一公益平台，通过线上线下的方式，引导更多人爱上阅读，享受朗读的乐趣。同时，她还创办了“呦呦学堂”，专注于经典诵读与传统文化传承，让孩子们在欢声笑语中感受中华文化的博大精深。

更难能可贵的是，孙凌老师深刻认识到家庭教育的重要性，她倡导并实践了“家庭学堂”这一新型教育模式，邀请教育专家为家长们传授科学的育儿理念与方法，帮助家长们解决教育难题，促进家庭成员之间的共同成长。这一系列举措不仅丰富了家庭成员的精神世界，更向社会传播了家庭教育的新理念、新方法。

“忠厚传家远，诗书继世长。”孙凌、何大海家庭用实际行动践行着这一古训，他们以实际行动诠释了热爱学习与家庭传承的深刻内涵。在他们的带领下，家族成员们在各自的领域里发光发热，共同绘制了一幅幅绚烂多彩的人生画卷。他们的故事激励着更多人追求知识、热爱阅读、传承文化、造福社会。

锦言

1. 学而时习之，不亦说乎？

——《论语》

这句话强调了学习的乐趣和重要性，提醒我们要时刻保持对学习的热爱和追求。

2. 吾生也有涯，而知也无涯。

——庄子

这句话表达了生命的有限与知识的无限之间的矛盾，提醒我们要珍惜时光，热爱学习，不断拓宽自己的知识视野。

3. 读书破万卷，下笔如有神。

——杜甫

这一诗句告诉我们通过大量阅读和学习，可以提高写作水平和表达能力，强调了热爱学习对于个人成长的重要性。

二、敏于思考，探索真理之路

在中国科技史的璀璨星河中，于敏院士的名字犹如一颗耀眼的星辰，不仅照亮了我国核武器研究的征途，也深刻体现了“敏于思考，探索真理”这一家风传承的非凡力量。

于敏，一个名字背后承载着无数国家荣耀与民族自豪的科学家，他的故事是对“敏于思考”最生动的诠释。出生于一个普通家庭的于敏，自幼便展现出对未知世界无尽的好奇与渴望。在家庭的熏陶下，他学会了独立思考，勇于质疑，这份对知识的渴求和对真理的探索，成为了他日后科研道路上最坚实的基石。

“敏于思考”，不仅仅是于敏个人的品质，更是他家族世代相传的精神财富。在家庭中，长辈们常常鼓励孩子们要多问为什么，勇于提出自己的见解，即使面对权威也不轻言放弃自己的思考。这种鼓励自由表达、尊重个体差异的氛围，让于敏从小就养成了独立思考、敢于创新的习惯。

进入科研领域后，于敏更是将这份“敏于思考”的精神发挥到了极致。面对当时国际上对核武器技术的严格封锁，他凭借深厚的物理学功底和敏锐的直觉，硬是在一张白纸上描绘出了中国核武器的蓝图。在无数个日夜的奋斗中，他不断突破自我，挑战极限，用智慧和汗水书写了中国核武器事业的辉煌篇章。

而于敏的这种精神，也深深地影响了他的家人和后代。他的子女们，在父亲的言传身教下，同样成长为了各自领域的佼佼者。他们继承了父亲对科学的热爱和对真理的追求，用实际行动诠释着“敏于思考，探索真理”的家风传承。

于敏院士的故事，是对“敏于思考，探索真理”家风传承的最好注解。在这个快速发展变化的时代里，我们或许不再需要像于敏那样去攻克研制核武器的技术难题，但那份对知识的渴望、对真理的追求、对未知世界的探索精神，却是我们每一个人都应该继承和发扬的宝贵财富。

锦言

1. 学而不思则罔，思而不学则殆。

——孔子

这句话告诉我们学习和思考是相辅相成的，只学习而不思考就会感到迷茫，只思考而不学习就会感到疑惑。

2. 业精于勤荒于嬉，行成于思毁于随。

——韩愈

这句话强调了勤奋和思考对于事业成功的重要性，如果过于嬉戏就会荒废学业，如果随大流而不加思考就会毁掉自己的行动。

3. 思考是行为的种子。

——爱默生

这句话说明了思考与实践之间的紧密联系，思考能够激发我们的创造力，为行动提供有力的指导。

三、精益求精，追求卓越之境

曲超，作为四川省人民医院的主任医师和博士生导师，她的故事是精益求精追求卓越与家庭传承的生动写照。曲超在医学领域取得了卓越的成就，同样在家庭中也传承了优秀的家风和价值观。

在医学道路上，她自小便在父母的熏陶下，明白了工作的重要性和精通一门技能的重要性。在求学和从业过程中，曲超更是将这种精神发挥到了极致。读博士期间，她跟随全国白内障学组主委姚克教授学习，不仅认真聆听每一次讲座，还录下大量手术录像，仔细揣摩每一个手术细节，并记录下手术心得。这种对技术的极致追求，让她在白内障手术领域游刃有余，成为众多患者的光明使者。曲超的精湛医术和高尚医德，不仅赢得了患者的信赖和尊重，更为她赢得了四川省首届“天府好家规”的殊荣。

在家庭传承方面，曲超同样展现了出色的家风传承。她的家庭是一个典型的医学世家，尤其是她的丈夫家族，更是有着深厚的医学底蕴。曲超的公公张光儒教授是华西医院的知名专家，即便在退休后，依然保持着对医学前沿的关注和学习，这种精神深深影响了曲超。她不仅从公公那里学到了扎实的医学知识，更学到了对医学事业的热爱和执着。曲超常常感慨，家庭的熏陶让她在医学道路上更加坚定和自信。

在曲超的家庭中，除了医学的传承，还有对工作和生活的积极态度。她的父母从小就告诉她，工作是生命中重要的组成部分，这种观念深深烙印在她的心中。曲超不仅在工作中精益求精，在生活中也保持着高度的自律和热爱。她热爱运动，坚持健身和打球，不仅保持了健康的体魄，也培养了坚韧不拔的精神。这种精神风貌，正是她对家庭传承的最好诠释。

曲超的故事告诉我们，精益求精追求卓越不仅是对个人事业的追求，更是对家庭传承的责任和担当。在家庭中，我们不仅要传承优秀的家风和价值观，更要将这种精神融入到自己的生活和工作中去。只有这样，我们才能像曲超一样，在各自的领域里取得卓越的成就，为家庭和社会作出更大的贡献。

锦言

1. 如切如磋，如琢如磨。

——《诗经·卫风·淇奥》

这句诗原意是形容君子文采斐然、修养深厚，现常用来比喻学问或技艺上的不断精进和追求完美。

2. 百尺竿头，更进一步。

——朱熹

这句话鼓励人们在取得一定成就后，不要满足于现状，而是要继续努力，追求更高的目标，体现了精益求精的态度。

3. 精益求精，永无止境。

——佚名

这句话强调了精益求精是一个永不停歇的过程，无论我们取得多少成就，都应继续努力，不断追求卓越。

四、勇攀高峰，攀登世界之巅

勇攀高峰的人，他们有着无畏的勇气和坚定的信念。他们知道，山峰高耸入云，攀登之路充满艰辛，但他们从未退缩过。

杨士莪，一个在水声工程领域闪耀的名字，他的一生是勇攀高峰、无畏坚定的生动写照，同时也深刻体现了家庭传承的力量。

1931年，杨士莪出生于河南省南阳市的一个知识分子家庭，祖父杨鹤汀是清末民初著名的教育家和革命家，父亲杨廷宝则是中国20世纪著名的建筑学家。在这样的家庭氛围中，杨士莪自小便受到了浓厚的文化熏陶和家国情怀的滋养。他深知，个人的命运与国家的命运紧密相连，选择专业时，他综合考虑了个人兴趣、现实生活和国家需要，最终选择了物理学，为日后投身水声科技打下了坚实的基础。

1950年，正在清华大学物理系求学的杨士莪，响应国家号召，毅然参军，提前结束了学生生涯。这一决定，不仅展现了他对国家需要的深刻理解和无私奉献的精神，也开启了他勇攀科技高峰的征途。在随后的岁月里，杨士莪凭借坚韧不拔的毅力和刻苦钻研的精神，在水声工程领域取得了卓越的成就。

面对国内水声科技几乎空白的现状，杨士莪没有退缩，而是选择了迎难而上。他自学多国外语，远赴苏联科学院声学研究所进修，回国后在国内率先创建了理工结合、完整配套的水声工程专业。在这个过程中，他遇到了无数的困难和挑战，但从未放弃过对科学真理的追求和对国家利益的担当。他亲自编写教材，带领考察队深入深海进行科研考察，每一次的突破都凝聚着他无数的心血和汗水。

杨士莪的成就不仅仅是他个人的荣耀，更是家庭传承的生动体现。他的祖父、父亲都是心怀家国、勇于担当的典范，他们的言传身教对杨士莪产生了深远的影响。同时，杨士莪也用自己的实际行动影响和激励着后代，他的三个儿子都在各自的领域取得了不俗的成就，这无疑是家庭传承的最好证明。

在杨士莪的身上，我们看到了勇攀高峰的无畏坚定和家庭传承的深远影响。他用自己的生命诠释了什么是真正的科学家精神，什么是真正的家国情怀。他的一生，是不断追求科学真理、不断为国家贡献力量的光辉一生。他的故事告诉我们，只有勇于担当、无畏前行，才能在人生的道路上不断攀登新的高峰；只有注重家庭传承、弘扬优良传统，才能培养出更多优秀的栋梁之材。

锦言

1.只有登上山顶，才能看到那边的风光。

——徐志摩

这句话告诉我们，只有勇敢攀登高峰，才能领略到更高处的美丽风景。它激励我们要有勇气和决心去挑战未知，追求更高的目标和境界。

2.会当凌绝顶，一览众山小。

——杜甫

这句诗描绘了攀登高峰后的壮丽景象，强调了站在高处俯瞰一切的豪迈与自信。它鼓励我们要有攀登高峰的勇气和信心，去征服生活中的困难和挑战。

3.欲穷千里目，更上一层楼。

——王之涣

这句诗以登楼远眺为喻，告诉我们只有不断攀登更高的境界，才能看到更远的风景。它激励我们要有不断进取的精神，不断提升自己的能力和水平。

第五节 善教子女，以身作则，方法科学，成效显著

父母是孩子们最亲密的伙伴，也是他们最初的导师。善教子女，不仅是一门艺术，更是一门学问。那些以身作则、方法科学、成效显著的父母，他们就像是指引孩子们前行的明灯，用智慧和爱心点亮了孩子们的成长之路。

一、善教子女，春风化雨润心田

善教子女，不仅是传授知识的过程，更是塑造孩子品格、培养良好习惯的重要环节。家长们要以爱心和耐心为基石，要像春风化雨般滋润孩子的心田，让他们在爱与关怀中茁壮成长。

冰心与吴青母女的故事，以其深厚的母爱和智慧的教育方式，成为一代又一代人心中的佳话。她们不仅以卓越的才华和坚韧的精神赢得了世人的尊敬，更以独特的教育理念和方法，培养出了优秀的人才，为社会的进步和发展做出了贡献。

冰心，这位现代文学史上的女杰，以其细腻的笔触和深情的文字，感动了无数读者的心灵。她的作品充满了对人性、对自然、对生活的深刻洞察和独到见解，成为中国文学宝库中的珍品。而她的母爱，更是如同她笔下的文字一般，温暖而深沉，滋养着子女的成长。

吴青，作为冰心的爱女，从小便沐浴在母亲的爱与智慧之中。她继承了母亲的文学天赋，同时也深受母亲教育方式的熏陶。在冰心的悉心教导下，吴青不仅学会了如何读书、如何写作，更学会了如何做人、如何处世。母亲的教育，如同春风化雨，润物无声，深深地烙印在她的心中。

冰心纪念馆冰心雕像

冰心对吴青的教育，注重培养她的独立思考能力和创新精神。她鼓励吴青多读书、多思考，不断拓宽自己的视野和知识面。同时，她也尊重吴青的兴趣和选择，从不强迫她去做不喜欢的事情。这种宽松而富有启发性的教育方式，让吴青在成长的过程中保持了旺盛的好奇心和求知欲，也让她逐渐形成了自己的独特见解和风格。

除了学习上的引导，冰心更注重对吴青品德的培养。她教导吴青要诚实守信、尊重他人、关爱社会。她以身作则，用自己的言行影响着吴青的成长。在母亲的言传身教下，吴青逐渐形成了健全的人格和良好的品德，成了一个受人尊敬的人。

吴青在母亲的教育下茁壮成长，不仅在学业上取得了优异的成绩，更在人生道路上展现出了坚韧不拔的精神和积极向上的态度。她继承了母亲的文学事业，继续为中国文学的发展贡献力量。同时，她也积极参与社会公益事业，用自己的力量去帮助和关爱他人。她的成就和品质，无疑是冰心教育成果的最好体现。

冰心与吴青母女的故事，不仅仅是一个家庭教育的成功案例，更是一个关于母爱、智慧和教育艺术的深刻启示。冰心的教育方式，既有严格的要求，又有充分的自由；既有知识的传授，又有品德的培养。她用自己的行动诠释了什么是真正的母爱和教育。

锦言

1. 父母之爱子，则为之计深远。

——《战国策》

这句话意味着父母如果真的爱子女，就应该为他们的长远未来做打算，而不仅仅是满足眼前的需求。

2. 养不教，父之过；教不严，师之惰。

——《三字经》

这句话诠释了父母和教师在子女教育中的责任。父母不仅要养育子女，更要教育他们；而教师在教育过程中，必须严格要求学生，不能懒惰懈怠。

3. 爱其子而不教，犹为不爱也；教而不以善，犹为不教也。

——黄宗羲

这句话告诉我们，仅仅疼爱子女而不教育他们，并不是真正的爱；而教育如果不以善良、正直为导向，也不能算是真正的教育。

二、以身作则，树立榜样显力量

家长是孩子的第一任老师，也是他们最亲密的伙伴。家长的言行举止，无时无刻不在影响着孩子的成长。因此，以身作则，树立榜样，是家长教育孩子的重要手段。

在“全国最美家庭”的荣誉光环下，李伟柱家庭以身作则，树立了新时代的家庭榜样。李伟柱，作为广西玉柴的技术型人才，取得了一系列成绩，他主导的铁型覆砂工艺铸造气缸体获2015年度广西科学技术进步二等奖、中国机械工业科技二等奖，2项获发明专利。妻子杨远贞，在教育一线默默耕耘，以优秀的教学成果赢得了师生的尊敬。他们相互扶持，比翼双飞，用实际行动诠释了什么是责任与担当。

在孩子的成长旅途中，父母不仅是生命的赋予者，更是灵魂的引路人。李伟柱夫妇深知这一重任，他们以身作则，用实际行动为孩子们树立了光辉的榜样。

作为孩子人生中的第一位导师，李伟柱夫妇不断提升自我，以良好的习惯和高尚的品德影响孩子。家中弥漫着书香，电视柜、阅读室堆满了各类书籍，夫妻俩虽喜好各异，却常共享阅读之乐，这份对知识的渴求与热爱，悄然间在孩子心中播下了求知的种子。每逢佳节，他们还会组织家族亲子故事会，通过讲述传统节日的故事，让孩子们在文化的熏陶中茁壮成长。

李伟柱夫妇还特别注重培养孩子的实践能力和家庭责任感。夜晚，当他挥毫泼墨练习书法时，孩子们也会在一旁模仿，沉浸在艺术的海洋中。面对生活的挑战，如搬家时的墙壁污渍，父子俩携手合作，亲自动手粉刷，不仅节省了开支，更让孩子在劳动中学会了坚持与协作。家中的每一件家具，都承载着父子共同的努力与汗水，见证了孩子从依赖到独立的成长历程。

尤为值得一提的是，李伟柱夫妇连续十年坚持献血，李伟柱更是无偿捐献骨髓，这份无私奉献的精神，无疑是对孩子最深刻的生命教育。他们用实际行动告诉孩子：真正的榜样，不仅在于言语的教导，更在于行动的引领。

在李伟柱夫妇的以身作则下，孩子们正沿着正确的道路茁壮成长。他们用自己的行动证明了：只有以身作则、树立榜样，才能培养出健康、阳光、上进的下一代；只有相互扶持、共同努力，才能创造出幸福美满的家庭生活。

锦言

1. 父母之所爱亦爱之，父母之所敬亦敬之。

——曾子

这句话强调了父母的行为和态度对子女的影响。子女会模仿父母的行为，所以父母应该以身作则，通过自己的言行来教育子女。

2. 言教不如身教。

——［明］吕坤《呻吟语》

这句话强调了身教的重要性。父母不仅要用言语来教导子女，更要通过自己的行为来示范，让子女从中学到正确的价值观和行为准则。

3. 有其父必有其子，人道之常也。

——《孔丛子·居卫》

这句话说明了父母的言传身教对子女成长具有深远的影响。父母的品质、行为和态度会在很大程度上决定子女的成长轨迹。

三、方法科学，因材施教显智慧

教育孩子的方法不是一成不变的，而是需要根据孩子的性格、兴趣和能力来制定合适的教育方法。这就要求家长们具备科学的教育观念和方法，因材施教，让教育更加贴合孩子的实际需求。

邓亚萍，一位让世界乒坛都为之震撼的乒乓女王。而在她成功的背后，是她父母那充满智慧与爱的科学教育方法，为她铺就了一条通往荣耀的道路。

邓亚萍的童年，就像一部充满欢声笑语的成长纪录片。她的父母，虽无显赫家世，却深谙教育之道。他们发现，小亚萍对乒乓球情有独钟，那双炯炯有神的眼睛，总是紧盯着电视上的乒乓球比赛，手也不自觉地模仿着挥拍的动作。于是，他们果断地支持女儿的梦想，为她提供了充足的训练机会。

每当邓亚萍在球场上挥汗如雨时，她的父母总是默默地站在一旁，为她加油鼓劲。每当她取得进步时，他们总是毫不吝啬地给予赞美和奖励，让她感受到自己的努力得到了认可。这种正面的激励，让邓亚萍的自信心像小树苗一样茁壮成长，她勇敢地面对挑战，越战越勇。

有时，她会因为技术上的瓶颈而陷入迷茫；有时，她会因为比赛失利而倍感失落。但每当这时，她的父母总是及时出现在她的身边，用温暖的话语和坚定的眼神告诉她："孩子，你是最棒的！只要你坚持下去，一定能够战胜困难。"在父母的鼓励和支持下，邓亚萍逐渐形成了坚韧不拔的精神。她明白，要想在乒乓球这项运动中取得成就，必须付出比别人更多的努力和汗水。因此，她每天早早地起床训练，晚上也坚持练习到深夜。她的球技在日复一日的刻苦训练中不断精进，她的心态也在一次又一次的挑战中逐渐成熟。

除了关注邓亚萍的乒乓球训练外，她的父母还非常注重培养她的综合素质。他们鼓励邓亚萍多读书、多交朋友、多参与社会活动，让她在广阔的天地里锻炼自己的能力和见识。这些经历不仅让邓亚萍在赛场上更加从容自信，也让她的生活更加丰富多彩。

在邓亚萍的成长过程中，她与父母之间的亲子关系也愈发亲密。他们经常一起聊天，一起运动，一起分享生活中的点滴。这种亲密的亲子关系让邓亚萍感受到了家庭的温暖和支持，也让她在面对困难时能够勇敢地寻求帮助和支持。

在父母的精心培育下，邓亚萍如一朵绽放的花朵，在乒乓球的赛场上大放异彩。她凭借出色的技艺和坚韧的精神，一次次战胜对手，一次次刷新纪录。她的名字传遍了世界的每一个角落，她成为中国乒乓球队的骄傲，也成了无数人心目中的英雄。

锦言

1. 教也者，长善而救其失者也。

——《礼记·学记》

这句话告诉我们，家庭教育应当注重发掘和发扬孩子的优点，同时帮助他们纠正错误和缺点。科学的教育方法应该是个性化的，应针对每个孩子的特点进行因材施教。

2. 培养教育人和种花木一样，首先要认识花木的特点，区别不同情况给以施肥、浇水和培养教育，这叫“因材施教”。

——陶行知

这句话强调了因材施教的重要性，即要根据每个孩子的不同特点和需求来进行教育，就像种植花木一样需要区别对待。

3. 授人以鱼，不如授人以渔。

——佚名

这句话强调了教授孩子学习方法的重要性。家庭教育不仅仅是传授知识，更重要的是培养孩子的学习能力和自主解决问题的能力。

四、成效显著，硕果累累映辉煌

善教子女、以身作则、方法科学，这些努力最终都会转化为显著的成效，让家长们收获满满的喜悦和成就感。

在教育的过程中，孩子们会逐渐形成积极向上的品格和习惯，他们在学习、生活、人际交往等方面都会展现出优秀的素质和能力。他们的学习成绩会稳步提升，兴趣爱好会广泛发展，社交能力也会不断提高。

同时，孩子们的成长和进步也会反过来激励家长们更加努力地投入到子女的教育中去，形成一个良性循环。家长们会深刻感受到自己的付出得到了回报，也会更加坚定自己教育孩子的信念和决心。

这些显著的成效和硕果累累的收获，不仅会让家长们感到自豪和满足，更会让他们的家庭教育之路越走越宽广，为孩子们的未来奠定坚实的基础。

后记

美好的事物，总是寄托着人们的美好向往和期待，最终收获岁月的丰盈与人生的灿烂，还有爱和奉献的甜畅。

2023年12月，我们“家文化丛书”写作小组创作的第一部家教书《家风：离不开的心灵雨露》出版问世。在不到3个月的时间，就引起了广大家庭的关注和读者的喜爱，于是第二次印刷发行，这是我们始料未及的。这种情况的出现，给我们原定创作家庭三部曲的设想以极大的鼓舞和鞭策。

现在家庭三部曲的第二部《家庭：温馨的生活港湾》已定稿送审。第三部《家国：永远的生命归依》也正在加紧创作之中。

由于第一部书的写作，不仅激发了写作者的广泛阅读兴趣，深度思考家庭、家风、家教问题，更重要的是促使他们深入社会、家庭、企业、学校，去直接了解、感知家庭教育和建设的现实状况。特别是通过开展“家风读书会”的方式，与家长们互动交流讨论家庭教育和建设问题，进一步使写作者认识到编著家庭三部曲的重要性、及时性和实效性。尤其当写作者看到自己参与创作的《家风：离不开的心灵雨露》受到家长们的欢迎，有的还被当作礼物赠给朋友时，心中那份感动和慰藉，真是无以言表，这更加激发他们认真创作，不断提高创作水平的热情，决心把更好的作品送到读者手中。

在这里，我要简单介绍一下“家文化丛书”写作小组成员组成情况。他们是：主编，谭仲池；总策划，文高永权、陈捷；策划，罗武战；创作部主任，罗柱。本书《家庭：温馨的生活港湾》写作者分别是：第一编，唐学雷；第二编，罗武战；第三编，王升华；第四、五编，罗柱，寻梓祥。

萧伯纳说：“人生不是一支短短的蜡烛，而是一支由我们暂时拿着的火炬。我们一定要把它燃得十分光明灿烂，然后交给下一代的人们。”在我看来，“家文化丛书”也许就是点燃人生火炬的一缕星火。它的火焰，尽管纤细微小，而其引发的巨大能量，却可以燃起照亮一代又一代人生命的灿烂火炬。

让我们高擎着这一支火炬，去照亮爱的繁花和幸福的天堂。

谭仲池

2024年10月1日